Friedrich Schnake

Montezuma

Historisches Schauspiel in Fünf Akten

Friedrich Schnake

Montezuma
Historisches Schauspiel in Fünf Akten

ISBN/EAN: 9783744797016

Printed in Europe, USA, Canada, Australia, Japan

Cover: Foto ©Andreas Hilbeck / pixelio.de

More available books at **www.hansebooks.com**

Montezuma.

Historisches Schauspiel in fünf Akten

von

Friedrich Schnake.

St. Louis, Mo.
1870.

Personen.

Montezuma II., Kaiser von Mexiko.

Guatemozin, sein Schwiegersohn.

Fürst Tezcuco, ⎫ Verwandte und Räthe des
Fürst Cacama, ⎭   Kaisers.

Xicotencatl, Feldherr der Tlaskalaner.

Hoherpriester.

Hofnarr des Kaisers.

Isabella, Gattin des Guatemozin, ⎫ Kinder des
Pedro, ⎭ Montezuma.

Marina, Geliebte des Cortez.

Häuptling.

Hernando Cortez, spanischer Befehlshaber.

Olmedo, ein Priester.

Alvarado, ein span. Grande, Unterbefehlshaber.

Bernal Diaz.

Jose, Soldat.

Guerrero, ein Spanier, mexikanischer Kazike.

Spanische und mexikanische Soldaten.

Sänger und Tänzer des Kaisers.

Zeit der Handlung: 1519.

• • •

Erster Akt.

1. Scene.

(Ein mit tropischen Bäumen umgebener freier Platz; im Hintergrunde erblickt man die Stadt Tenochitlan (Mexico), überragt in der Entfernung von den Höhenzügen der Cordilleren. Die Scene ist seitwärts des langen Dammes, der die Stadt mit dem Festlande verbindet und man sieht einen Theil des Sees, von Kanoes belebt. Montezuma kommt in einer mit Blumen geschmückten Sänfte, getragen von sechs Trägern. Neben der Sänfte schreiten Guatemozin, Cacama und Tezcuco, sowie der Hofnarr.)

Montezuma.

Hier laßt uns ruh'n! — Es labet Blüthenduft
Zur Ruhe ein; der süße Hauch der Mandel,
Magnolienduft, das leise Windesflüstern
Im Schilf des nahen Sees belagern schon
Die Pforten meines Geistes, ihn geleitend
Mit leichtem Flügelschlag dem Schlummer zu.
  O schön ist dieser Theil des weiten Reiches:
Der Berge hohe Kämme schmückt der Wald
Und Ströme, diesen Bergen rasch enteilet
Bewässern blumenreiche Thäler, windend
Durch reiche Fluren sich zum fernen Meere.
Wer im Besitze solcher Erdengüter
Dem Trübsinn huldigt, thut dem großen Geist
Ein Unrecht an.
(Er steigt aus und sobald er sich niedergelassen, gruppiren sich alle um ihn.)

Hofnarr.

  Großer Herr und Kaiser.
  Du preisest nicht mit Unrecht dieses Land,
Wo Schätze überall der Erd' entsprießen.
Dem Landmann bietet ohne Müh' das Feld
Unmassen Früchte und des Bergmann's Mühen
Und seine Arbeit lohnt der Berge Gold.
Der Himmel lacht in ungetrübtem Glanze
Auf deine Länder stets hernieder und
Wenn hin und wieder der Gewitter Pracht
Die Erde in den Regenmantel hüllt,
So wendet staunend sich der Blick nach oben,
Wo sich in unnachahmlich schönem Schauspiel
Der Elemente Kräfte feindlich steh'n.
Die Schlacht entbrennt — Der Blitze helles Feuer
Bekundet, daß der Feind der Städte brennt,
Und durch das Rollen jedes Donners hören
Wir zitternd Klagelaute der Erschlag'nen.

Das Wetter ist vorbei: die Sonne lacht
Ob uns'rer Furcht vor dem Gewitterschauer;
Es fühlt sich alles neu belebt.   Nicht wir
Allein empfinden Wollust nach dem Sturme,
Der Thiere ungezählte Menge eilet
Hinaus in's weite Feld sich Nahrung suchend —
Doch unter Blumen lauert das Verderben:
Der Schlange platter, silbergleicher Körper
Huscht leise durch das Gras der Beute sicher,
Und höhnisch singend, pfeifend, zwitschernd, jauchzend
Stürzt eine Schaar Mosquiten aus dem Busche.
  Es wäre schön in Mexico, wenn diese
Gewalt'gen, wenn auch winz'gen Plagegeister
Aus deinem Reich auf ewig du verbanntest.

Montezuma.

Mein Reich erstreckt sich nicht auf jene Wesen,
Die feingeflügelt uns're Ruhe stören.

Hofnarr.

O doch! Send' deine Häscher aus und laß
Die Instrumente dieser Musikanten
Wegnehmen und befiehl den Plagegeistern
Die Zähne auszureißen.

Montezuma.

  Alte Witze
Sind schlechte Witze! Mache beß're, Narr,
Wenn nicht, so laß mich meine Ruhe haben.

Hofnarr.

  Es wird uns alles alt und so auch Witze;
Doch ich will beß're schlechte Witze machen.
Es haben deine großen Generäle
Wohl einstmals Tlaskalaner eingefangen
Und viele der Gefang'nen fielen dann
Als Dankesopfer unsern Landesgöttern,
Doch gibt es viele Völkerschaften noch
In der Azteken Reich, die jubeln würden,
Wenn einmal and're Herren kommen sollten.

Montezuma.

Jetzt wirst du frech.

Hofnarr.

  Der Narren einz'ges Vorrecht!
Wenn And're sich der Etikette beugen,
Der Narre schwingt den Stab — und lacht Aller.

Montezuma.
Hinweg mit Staatsgeschäften! — Frohe Feste
Zu feiern sind wir fröhlich hier versammelt:
Dem Gott der Luft ist dieser Tag geweiht.
Die Priester schmückten die Altäre reich
Mit Blumen, Früchten unsrer Felder und
Die Wälder sandten ihre bunten Sänger
In melodieenreichen Schaaren her.
Wer will von trock'nen Staatsgeschäften reden,
Wenn Feste locken?

Hofnarr.
Unsre Seher sagen,
Daß bald ein Volk vom Osten kommen werde,
Vor denen jeder rothe Mann erzittern
Und die die Herren dieses Landes würden.
Dann fei're Feste, großer Montezuma.

Montezuma.
Der Narre wird mir lästig — meine Sänger
Und Tänzer sollen uns die Zeit verkürzen.
(Die Tänzerinnen führen ein Ballet auf; jede liebkost abwechselnd die Blumen ihrer Nachbarin.)

Chor (singt.)
Dem Gott der Lüfte huld'gen wir:
Er nähret alle, Mensch und Thier;
Er sendet Wärme, sendet Regen
Und streut mit reicher Hand den Segen
Der Fluren. — Danken wir dafür.
Wir preisen laut den Gott der Luft:
Die Rose hüllet er in Duft,
Zieht der Magnolie an ihr Kleid
Und spendet Wohlsein nah und weit
Den Wesen. — Danken wir der Luft.

Montezuma.
Genug des Spiels, dort kommt der Hohepriester
Mit sorgenschwerem Antlitz. Sein Gesicht
Und seine Haltung sprechen schon von Unglück,
Wenn seine Zunge auch noch lange schweigt.
Willkommen, treuer Freund des großen Geistes.
Was sagen die Orakel?

Hoherpriester.
Forsche nicht
Nach dem, was dir ein dichter Schleier birgt;
Denn würdest du die leichte Hülle heben,
So sähest du entsetzt dein Angesicht
Im Todeskampfe krampfhaft vor dir liegen.
Dem Menschen ist nichts sicherer als der Tod,
Und dennoch fürchtet er sich vor dem Ende.
Es möchte jeder wissen, wann er scheiden muß;
Und wüßte er es, würde es ihn quälen.

Montezuma.
Nicht mein Geschick erfrag' ich von den Göttern;
Mein winz'ges Leben wiegt nicht schwer genug,
Um meines Volks Geschick darüber zu

vergessen. Wenn ihr bei den Dankesopfern
Gebete murmelt für des Kaisers Leben
Und Glück und langes Leben ihm erfleht,
So kümmert ihr euch nicht um die Person;
Nur habt ihr euch, das Volk sich so gewöhnt
An ihn, daß ihr nicht plötzlich einen andern
Als Herrn und Kaiser euch erbitten wollt.
Doch träte einmal eine Aenderung ein,
So würdet ihr dem neuen Herrscher huld'gen
Und alles Glück auf ihn herunter fleh'n.
So war es stets und wird es immer bleiben:
Der eine macht dem andern endlich Platz;
Und seine Lücke füllt ein dritter aus.
Was sagen die Orakel über jenes Treiben,
Das meine Späher von den Inselgruppen
Gen Mitternacht des Kaiserreichs berichten?

Hoherpriester.
Es werden weiße Männer hierher kommen
(Der Götter Lieblingskinder) auf den Flügeln
Des Windes und mit Donner, Blitz gerüstet.
Sie werden sich zu Herren dieses Landes
Zu machen wissen; aller Widerstand
Des rothen Mannes ist vergebens, nutzlos.

Montezuma.
Das Herz erbebt bei dem Orakelspruch.
Sind sie nur Menschen, fürchte ich sie nicht;
Doch sind sie Göttersöhne, höh're Wesen,
So beuge ich in Ehrfurcht meine Kniee
Und huldige den neuen Königen.

Guatemozin.
Nicht ohne tapfern Widerstand und Kampf!
Nicht ohne für die Herrschaft einzusteh'n,
Mit Gut und Blut, verlässest du dein Volk.
Ein Herrscher, der der Vater seines Volkes
Im wahren Sinn des Wortes ist, kann dreist
Dem Unglück eine feste Stirne zeigen:
Die Liebe seines Volkes schützet ihn,
Mit seinem Leben decket es den Thron.
Nicht gleich verzagt, wenn Priester Unsinn schwatzen.

Hofnarr.
Und dennoch hat die Natter ihn gebissen,
Er setzet Zweifel in die eig'ne Kraft.

Guatemozin.
Ich hörte einst von Leuten, die der Sturm
An's Ufer Mexico's getrieben hatte;
Sie lagen bleich und todesmatt am Strande
Und als sie sich erholt, gestanden sie,
Daß sie dem weißen Volke angehörten,
Das wir seit Jahren schon mit Furcht erwarten.
Aguilar heißt einer dieser Leute —
Ein Mann, der unsre Sprache baldigst lernte.
Er ist ein kleiner Mann, nicht angethan,
Um Furcht in unsern Herzen zu erwecken.

Ein andrer, Guerrero, ist Kazike
Im Yucatan. Er schloß sich unserm Volke
Und seinen Sitten an, er nahm ein Weib
Aus unserm Volke, ist ein Mexicaner.
Laß' beide herbeordern, großer Kaiser,
Und deine Furcht erscheint ein Nebelbild
Durch eines Priesters Mund heraufbeschworen.

Hoherpriester.

Du bist gewarnt — Bedenke, was du thust —
Dein Schwiegersohn mag andrer Ansicht sein;
Doch seine Reden halten des Geschickes
Gewalt'ges Rollen, nicht sein Kommen auf. (ab.)

Montezuma (nachdenkend.)

Ich will die Leute seh'n; ich will sie sprechen.

Guatemozin.

Ich sandte Boten an den Guerrero,
Der einer unsrer Kriegeshauptleut' ist,
Und jeden Augenblick kann er erscheinen,
Doch weshalb dieses Festes frohe Laune
Mit trüben Bildern länger noch verderben?
Was wir nicht ändern können, lasse uns
Ertragen; nur was Menschen ändern können,
Das wollen wir als Männer auch versuchen.

Montezuma.

Ich füge mich der Götter Machtgebot.
Was nützt es uns, den schwachen Sterblichen
Dem Willen ew'ger Götter Trotz zu bieten
Sie würden unsrer Feinde Zahl vermehren
Und unser Unglück wäre kann gewiß.

Guatemozin.

Die Götter gaben dir Vernunft, Erfahrung
Das Leben; beide dir die weise Lehre,
Vor keiner eingebildeten Gefahr
Zu beben und dem Feinde stolz zu steh'n.

Montezuma.

Hinweg mit Sorgen — Ruft die Sänger her,
Um durch Gesang den Trübsinn zu verscheuchen.
(Die Sänger singen den Spottvogel-Gesang*). Guerrero kommt
und unterhält sich während des Gesanges mit Guatemozin.)

---

*) Spottvogel.
Eine Stimme.

Das schönste Mädchen ist geschieden —
Es stehen trauernd die Gespielen
An ihrer Hoffnung, ihrer Liebe Grab.
Des Tanzes Reigen wird gemieden;
Die bunten Blumen fielen
Als Opfer ihr, die einst der Lenz uns gäb.

Chor.

Höret dumpf den Trillerschlag,
Höret dumpf den Trillerschlag.
Er sitzt an ihrem Grabe Tag und Nacht.
Hört des Freundes dumpfe Klag'!
Hört des Freundes dumpfe Klag'!
Der Vogel hält am Grab die Todtenwacht.

Eine Stimme.

Sie weilt im Lande der Verklärten,
Wo nur die Freude wohnet —

Guatemozin.

Der Bote kam zurück. Hier ist der Mann.
(Guerrero wirft sich vor Montezuma nieder.)

Montezuma.

Erhebe dich. Dich nennt man einen Weißen?
Wie kommt es, daß du aussiehst wie ein Krieger?

Guerrero.

Großmächt'ger Kaiser, möge lange dich
Die Sonne noch bescheinen und der Sterne
Geheiligt Licht dir deinen Weg beleuchten.
Ich bin ein Spanier; ich bin ein Mann,
Der auf dem Meer geboren seine Heimath
Nicht kennt, doch wo's ihm wohl geht, heimisch ist.
Die Spanier entdeckten prächt'ge Inseln,
Im Norden deines Reiches. Schritt um Schritt
Eroberten sie bald die Inselgruppen,
Und ihre Schiffe flogen durch die Meere.
Da hörten wir in Cuba von dem Reiche
Der Wunder, deinem schönen Mexico
Und Schiffe wurden ausgerüstet, um
Zu sehen, wie die Sachen sich verhielten.
Sie alle kehrten um; nur unsres wurde
Von wilden Stürmen an das Land getrieben.

Die Eingebor'nen, deine Unterthanen
Entdeckten unsre Lage, nahmen uns

Die Götter nahmen eure Freundin auf.
Und in dem Kreis der Hochgeehrten,
Wo Heiterkeit nur thronet,
Begann sie ihren neuen Lebenslauf.

Chor.

Höret dumpf den Trillerschlag
u. s. w.
(Man hört die Stimme des Kakadu im Chore.)

Eine Stimme.

Kakadu! Kakadu!
Wollt' ich wär' so schön wie du.
Trüg' den gold'nen Kaiserhut
Und im Busen deinen Muth.
Kakadu! Kakadu!
Bist der Schönen Schönster du!
Hahaha! Weiß ich's besser doch.
Bläke nur dein stolz Gefieder;
Niemals strömen trillernd Lieder
Aus der Brust dir, preisend hoch
Deinen Schöpfer. Kakadu!
Armer Stümper bleibest du.

Chor.

(Man hört einen Papagei krächzen.)
Hört des Vogels Hohn und Spott.
Hört des Vogels Hohn und Spott.
Er ahmet nach der Leidenschaft Gewalt.
Hört des Vogels Spott und Hohn.
Hört des Vogels Spott und Hohn.
Der seinen Spott schützt Würde nicht Gestalt.

Eine Stimme.

Papagei! Papagei! Bläh' das Gefieder,
Putze die schmutzigen Füße dir rein.
Näh! Näh! Näh!
Lernest wohl Worte, doch nimmermehr Lieder —
Lieder gehören dem Menschen allein.
Näh! Näh! Näh!

In ihre Häuser auf, bewirtheten
Uns wohl und jede Sorge war entschwunden.
Da nahte sich das große Sonnenfest.
Es wurden vier der fettesten von uns
Gefangen und (bricht plötzlich ab.)

Montezuma.

Nur weiter.

Guerrero.

Und sie wurden
Zu eures Gottes Ehre abgeschlachtet.
Die Kannibalen saßen nieder dann zum Mahle.
Die Ueberreste meiner Kameraden,
Die Leiber meiner Stammsgenossen füllten
Die Bäuche dieser blut'gen Menschenfresser.

Guatemozin.

Der Kaiser hat dem Unfug steuern wollen —
Obwohl ich selbst kein Unrecht darin sehe —
Doch auch des Kaisers Wille ist unmächtig,
Wo es sich um die alte Sitte handelt.
Wir essen Rinder, Schaafe, Ziegen, Lämmer,
Die früher unserm Feinde angehörten,
Wir bringen unsern Göttern als Tribut
Sein Herz. Weshalb soll dann der Krieger nicht
Am Fleische des Geopferten sich laben,
Da doch die Götter nicht sein Herz verschmäh'n?

Montezuma.

Wird wohl ein Lamm am andern nagen,
Der Büffel sich am Fleisch des Büffels mästen,
Wird jemals wohl der Adler seines Gleichen,
Und Schlangen gegenseitig sich verschlingen?
Nein, nein! Es war uns Menschen vorbehalten,
Das Unnatürliche gescheh'n zu machen,
Daß Menschen sich an Menschenfleische laben!

Guatemozin.

Doch weiter. Wie entkamest du?

Guerrero.

Ich und
Aguilar, ein Priester unsres Volkes
Entsprangen unsern Wächtern, flohen in
Die Wälder und so wurden wir gerettet.
Ich schloß mich bald den Eingebor'nen an,
Ich nahm ein Weib mir, lernte eure Sitten,
Und lebte sieben Jahre hier zufrieden.
Jetzt großer Herr und Kaiser seid gewogen,
Mir, eurem Knechte huldvoll mitzutheilen,
Weshalb er herbeordert worden ist.

Guatemozin.

Aguilar, der Priester ist doch noch
Am Leben? — Weshalb kam er nicht mit dir?

Guerrero.

Er ist entfloh'n.

Guatemozin.

Entflohen? und weßhalb?

Guerrero.

Er wollte dem Gelübde nicht entsagen,
Das er einstmals gethan: kein Weib zu nehmen,
Wie allen unsern Priestern ist geboten.
Er hoffte stets auf Rückkehr in die Heimath
Und schalt mich, als ich unsre Sitten aufgab.

Guatemozin.

Hat man ihm deshalb thätlich nachgestellt?

Guerrero.

O nein. Er wurde überall geachtet;
Denn unsres Volkes Wissenschaften sind
Ihm kein Geheimniß; er erkennt der Dinge
Geheimste Kräfte, kennt die Pflanzen, Steine
Und bringt mit Hülfe dieser Wissenschaft
Den Kranken rasche Linderung der Schmerzen.
Er saß gar häufig an des Meeres Strand
Und blickte thränenvollen Auges stets
Nach Osten, wo das schöne Spanien liegt.
Da sah er plötzlich Segel auf dem Meere
Und Schiffe näherten dem Ufer sich.
Er kam zu mir und wollte mich bereden,
Mit ihm zu unserm Volk zurück zu kehren.
Als ich mich weigerte, erklärte er,
Allein zu gehen und er suchte sich
Ein Ruderboot, und setzte über nach
Der Insel Kazumel, den Schiffen zu.

Montezuma.

Wer sind die weißen Männer?

Guerrero.

Spanier
Und Christen.

Montezuma.

Wer ist Herrscher dieser Völker?

Guerrero.

Man nennt ihn Karl, seines Namens nach
Der Fünfte, Deutschlands Kaiser, König Spaniens
Der Völker Menge, seines Winks gewärtig,
Und seiner Krieger ungezählte Massen,
Sind größer, als der Mexicaner Macht.
Der König jenes Volkes, großer Kaiser,
Ist mächtiger als jeder Fürst der Welt.

Guatemozin.

Nur nicht der große Kaiser Montezuma;
Er ist der größte Herrscher auf der Erde.

Montezuma.

Wer sind die Christen, deren du erwähntest?

Guerrero.

Sie sind Anhänger jener Glaubenslehre,
Die ihnen Christus gab.

Guatemozin.
Ist er ein Gott,
So wollen wir ihm einen Platz einräumen
In unserm Teocalli, jenem Tempel,
Der dort das Häusermeer weit überragt.
War er Wohlthäter eures Volkes, wie
Quetzalcoatl, unser Gott der Luft?
Er wandelte einst unter unserm Volke
Und lehrte uns der Pflanzen tiefen Werth.
Gebrauch von den Metallen, Ackerbau
Und unsres Staates ganzen Haushalt hat
Er uns gegeben, und wir ehren ihn
Als Gott, nachdem er uns verlassen hat.
Ist euer Gott ihm gleich, hat gleiche Güter
Den Völkern er gegeben, öffnen wir
Ihm unsre Tempel neben unsrem Gott.
Was gab er euch?

Guerrero (verlegen)
Ich weiß es selbst nicht recht.
Doch da die Priester ihn so hoch verehren,
So glaube ich an ihn als den Erlöser
Von unsern Sünden.

Guatemozin.
Demnach war er wohl
Ein Krieger, der mit seiner Körperstärke
Den bösen Feind besiegte?
(zu Montezuma)
Wollen wir
Ihm Tempel bauen und die nächsten Feinde
Als Opfer diesem neuen Gotte bringen?
Wenn unsrer Feinde Herzen langsam schmoren
Und seine Priester Jubelhymnen singen,
Wird er gewiß auch huldvoll niederblicken
Auf unser Mexico und seinen Kaiser.

Montezuma.
Nicht neue Götter dürfen wir erschaffen,
Die Götter unsrer Väter schützten uns
In mancher dunklen Stunde dieses Reiches.
Wer weiß, ob dieser neue Gott nicht bald
In Streit mit unsern alten Göttern käme,
Und wir den Zorn des großen Geists erweckten!

Guatemozin.
Der große Geist, Erschaffer aller Wesen,
Deß Name stets geheiligt sei, wird nicht
Gestatten, daß der neue Gott ihm schade.
Wir wollen einen Tempel ihm erbau'n.
(Diener übergibt ihm einen Zettel.)

Montezuma.
Mit meinem Willen nicht, was ist der Grund,
Daß euer großer Kaiser seine Völker
Aus seinen Ländern sendet, andre Völker
Mit Krieg und Mord und Todtschlag heimzusuchen?

Ist Hungersnoth dort ausgebrochen oder
Vermag das Land die Völker nicht zu fassen?

Guerrero.
Entdeckungen zu machen, schicket er
Sie fort, um hier die Heiden zu bekehren
Und neue Länder seinem Reich zu geben.
Der Stellvertreter seines Gottes gab
Ihm alle Reiche der Ungläubigen
Als ew'ges Angebinde seiner Treue.

Montezuma (für sich),
Die alte Sage tritt an uns heran.
(laut) Wer gab ihm solche Machtbefugniß über
Ihm frembes Eigenthum?

Guerrero.
Ich weiß es nicht.
Man sagte uns, er sei der Kön'ge König
Als Stellvertreter Gottes; ihm gehörten
Die Reiche und der Fürsten gold'ne Kronen:
Er könne sie verleihen, wie er wolle.

Montezuma.
Nicht der Azteken Diadem! Es wird
Verliehen, nach dem alten Brauch der Väter,
Stets an den Würdigsten des Königshauses.

Cacama.
Der eigne Bruder fühlte meinen Arm.
Und sollten diese Weißen uns bedrohen,
So lassen wir das Schwert gewiß nicht ruh'n.

Guatemozin.
Sie landeten bereits auf unserm Boden.
Auf Windesflügeln sind sie hergeeilt
In großen Kähnen, hoch wie unsre Häuser,
Und brachten Blitz und Donner mit sich her.

Cacama.
Laß uns vernehmen, wer die Nachricht brachte
Und welchen Inhalts.

Guatemozin.
Steuersammler, welche
Des Kaisers Steuern sammelten im Norden,
Vernahmen, daß die Spanier gelandet
Und daß in Yucatan am Fluß Tabasco
Schon eine große Schlacht geschlagen sei,
In welcher unsre Truppen unterlagen.
Sie forschten nach und fanden es bestätigt.
Ein Läufer mit der Nachricht abgeschickt,
Ist eben angelangt.

Montezuma.
Wer zweifelt noch
Daran, daß sie die Männer sind, die uns
Der Gott seit langer Zeit verkündet hat
Als seine Erben, die einst kommen würden,
Um seine Reiche von uns zu verlangen?

Guatemozin.

Ihr Häuptling sagte, er sei hergesendet
Von seinem Kaiser an den großen Kaiser
Von Mexico.

Montezuma.

Ich will ihn nicht empfangen.

Cacama.

Und dennoch solltest du dem Abgesandten
Des mächt'gen Königs ehrfurchtsvoll begegnen.
Es ziemt sich nicht, daß du ihn nicht vernimmst
Und seinen Auftrag in Erwägung ziehst.
Ein Volk von sieben Millionen Menschen
Ist unterthan dir. Deine Feinde, jene
Gewalt'gen Bergesöhne von Tlaskala
Beschützen deine Grenzen: eifersüchtig
Auf ihre Republik-und Staatsverfassung
Erlauben sie gewiß ihm nicht den Durchzug.
Und du willst zagen?

Montezuma.

Sei es! Du wirst selbst
Dich an die Spitze der Gesandtschaft stellen,
Den fremden Eindringlingen zu begegnen
Mit reichen Gaben für den unbekannten
Beherrscher jenes räthselhaften Volks.
Mein Haushofmeister soll die Säle öffnen,
Wo meines Vaters gold'ne Schätze ruh'n,
Und was du Würdiges daraus erwählst,
Ich übergebe dir's als Angebinde
Für jenen Fürsten.

Guatemozin.

Schicke Proben unsrer
Geschosse, Pfeile, Bogen und die Streitart.
Viel besser steht's dem Kaiser Mexico's,
Den frechen Eindringlingen barsch den Weg
Zu zeigen, als um ihre Gunst zu betteln.

Montezuma.

Es bleibt dabei. Die weitern Instructionen
Wird dir mein hoher Rath zukommen lassen.

(Er besteigt die Sänfte und wird mit Pomp fortgetragen; alle
folgen, außer Guatemozin und Cacama.)

Guatemozin.

Die Hoffnung, welche man an diesen Kaiser
Geknüpft, als er den Thron bestieg — ist todt.
Ein Feigling sitzt er auf der Väter Thron.
Wenn er das Thal von Anahuac auch
Zu zittern lehrt vor seiner Brauen Zucken,
Wenn er mit Klugheit, List und Menschenopfern
Auch mächt'ge Reiche hier sich unterwarf
Und seinem großen Reiche einverleibte,
So ist er dennoch selbst ein Feigling nur.
Persönlich hat er allen Muth verloren,
Seit er des Kriegers Rüstung ausgezogen
Ein Priester unserm Gotte Weihrauch streute.

Es war dein Vater, der im großen Rath
Hervorhob, daß der junge Priester einst
Ein großer Krieger sei gewesen und
Als Kaiser dieses Reich beschützen werde.
Ich glaube gern, daß er Gefesselten
Mit kunstgerechter Hand das Herz zu nehmen
Vermag, doch keinem Krieger kann er steh'n
In offner Feldschlacht — denn er ist ein Weib!

Cacama.

Du thust ihm Unrecht! Glaube wahrlich nicht,
Daß ich mit Doppelzunge zu ihm sprach,
Als ich den Rath ertheilte. Wir erfahren
Auf diese Weise, ob sie Menschen sind,
Zugänglich unsern Waffen, unserm Arme.

(Beide ab.)

2. Scene.

Spanisches Lager. Cortez und Olmedo; später
Marina und Alvarado.

Olmedo.

Nach unsrer Kirche heil'gen Satzungen
Hast du ein Weib genommen für dein Leben.
Du weißt, daß dich die Kirche zweimal schützte,
Als du vor deinen Feinden fliehen mußtest.
Und dennoch sprichst du Hohn den Satzungen,
Indem du dir ein Nebenweib genommen?
Und Donna Catalina ist fürwahr
Die Blume aller Frauen, treu und sittsam,
Von der Natur mit Reizen ausgestattet,
Wie nicht sehr viele unter Cuba's Töchtern.
Du wirfst sie fort um einer Sklavin willen?

Cortez.

Ich thue Alles, um der Kirche Macht
Zu fördern und ihr Ansehn zu befest'gen:
Ich bin der Kirche Krieger. Und sie will
Mich mit den Zollstab der Alltäglichkeit,
Nach hergebrachten Formeln, Regeln messen?

Olmedo.

Ich weiß, daß außerordentliche Männer
Der Meinung sind, daß ihretwegen
Die Ordnung dieser Welt in's Gegentheil
Sich kehre. Doch sie irren sich: die Welt
Betrachtet sie mit eifersücht'gen Blicken
Und wehe ihnen, wenn sie Makel findet!
Velasquez, Gouvernör von Kuba ist
Dir nicht gewogen, weil du Trotz ihm botest;
Du weißt nicht, ob der Kaiser dein Verfahren
Gutheißen wird — Und du willst deinen Feinden
Durch dein Betragen neue Waffen reichen?
Nein Cortez, ehe du voreilig handelst
Und deine große Zukunft von dir stößest,
Eh' du der Kirche offne Feindschaft fühlst,
Laß dieses Mädchen seines Weges zieh'n.

Cortez.

Nicht niedre Leidenschaft bewog mich einst
Zu der Verbindung mit Marina, welche
Ihr selbst als Priester eingesegnet habt.
Muthwillen möget Ihr es immerhin
Benennen, daß ich nichts um meiner Leute
Gerede gebe; aber daß auch Ihr,
Ehrwürdger Vater diese Sache so
Auffasset, schmerzet mich weit mehr, als Ihr
Vielleicht geglaubt.
            Wir kommen her als Fremde
In dieses Wunderland, wo überall
Uns Feinde rings umgeben und in Massen,
Die jeder Schätzung spotten. Schlachten sind
Geschlagen und der Eingebornen Reihen
Sind von der Wucht der Unseren zerschmettert;
Und bennoch schwillt der Feinde Zahl beständig.
Da nach der letzten Schlacht an dem Tabasko
Mir die Marina wurde vom Kaziken
Als Sklavin angeboten, nahm ich sie,
Um die sich doch kein Mensch bekümmerte.
Ich that ein Werk der Christenliebe, rettend
Die Seele dieses Weibes unsrer Kirche.
Mit ihrer Hülfe können wir verständlich
Uns machen, können unsrer Kirche diese
Gewalt'gen Völker liebevoll zuführen;
Denn diese Wilden fühlen sich geschmeichelt,
Da sie Marina mir zur Seite seh'n.

Olmedo.

Ich mache keinen weitern Vorwurf mehr.
"Seid klug wie Schlangen, fromm wie Tauben,"
                                        saget
Der Herr — sein heil'ger Name sei gepriesen.
Mit deiner Sünde werde selber fertig;
Denn dein Vergehen wird ein Höh'rer richten
Nach Maßgab' deiner Kräfte, deines Willens.
            (Marina kommt.)

Cortez.

Was denkest du von diesem frommen Vater,
Mein Kind? Er hat mich dir entführen wollen.

Marina.

Dich kann er mir nicht nehmen, lieber Mann;
Der Liebe Fesseln halten uns zusammen.
Und wolltest du auch meine Liebe von
Dir stoßen, ungerufen folgte ich
Dir doch und hielte die Gefahren fern
Von deinem heißgeliebten, theuren Haupte.

Cortez.

Wer weiß, ob du nicht einstmals wirst bereu'n,
Den Worten eines Spaniers geglaubt
Zu haben?

Marina.

Nein Hernando, nimmermehr!

Ein Weib liebt einmal nur in seinem Leben
Und diese Liebe füllt das Leben aus,
Wenn sie die wahre Himmelstochter ist!
Der, wer in eines Weibes Herzen thront,
Der ist sein Gott, sein Herr und sein Gebieter;
An sein Geschick ist es mit unsichtbaren,
Gewalt'gen Fesseln angeschmiedet und
Kein Mißgeschick kann diese Fesseln lösen.
Es ist mein höchster Stolz, nur dir allein,"
Aus Millionen dir nur zu gefallen.
Ich gebe nichts um Vaterland und Kaiser,
Ich gebe nichts um meines Volkes Götter,
Ich habe alles für dich hingegeben.

Cortez.

Wie konntest du dem Fremden alles opfern,
Was man des Lebens höchste Güter nennt?

Marina.

Als ich einst vom Kaziken dir geschenkt
Dir in das Auge sah, das hell und klar
Auf mich hernieder blickte, jauchzte dir
Mein Herz entgegen. Unserer dreihundert,
Die der Kazike dir als Opfer gab
Für deine Götter nach dem blut'gen Siege
Der Spanier über des Kaziken Leute,
Mit tiefgebeugtem Rücken standen wir
Der Fesseln und des Opferbeils gewärtig.
Da nahtest du und dieser würd'ge Priester.
"Der Gott der Christen ist der Gott der Liebe,"
So kam von deinen Lippen die Verheißung.
"Nicht Menschenopfer sind ihm wohlgefällig;
Denn was er selbst erschuf, das liebet er."
Du gabest uns ein neues, frisches Leben;
Du schenktest uns das Leben und die Freiheit,
Und zeigtest uns den Weg zum Himmelreich.
Wer kann mir sagen, daß ich unrecht handle,
Wenn ich dem Manne angehören will,
Der mir mein Leben doppelt hat gegeben?

Olmedo.

Vielweiberei ist unter deinem Volke
Erlaubt; wenn auch nicht allgemein die Sitte;
Doch unsre Kirche hat sie streng verboten.

Marina. (lachend)

Ich weiß den Spruch, der diesen Zauber löst.
In Kuba ist die Donna Catalina,
In Mexico Marina, deine Frau.
Und da du dich in Mexico befindest,
So wollen wir nicht weiter davon reden.

Olmedo.

Wer sind die Eltern, die dir solche Lehren
Mit auf den Lebensweg gegeben haben?

Marina.

Mein Vater war ein mächtiger Kazike
Im Norden dieses Reiches. Er starb mir

Zu früh; denn meine Mutter brach ihr Wort
Und nahm sich einen zweiten Eheherrn,
Der mich mit scheelen Augen stets verfolgte.
Als mir ein Bruder war geboren und
Ihr Mann sie dazu überredet hatte,
Mein angestammtes Erbe diesem Kinde
Zu übermitteln, da verkaufte sie
Das eigne Kind an Sklavenhändler und
Die todte Tochter eines ihrer Sklaven
Begrub sie dann als mich, als ihre Tochter.
Von diesen Händlern hat mich der Kazike
Erstanden. Demnach hab' ich keine Eltern:
Der Vater todt, die Mutter mich verkauft
Als Sklavin für ein kummervolles Leben.

Cortez.

Das Wunderland zeigt täglich neue Seiten.
Ihr habt auch Sklaverei?

Marina.

Die armen Leute
Verkaufen ihre Kinder an die Reichen
Als Sklaven-Diener, wenn ihr lieber wollt.

Cortez.

Vererbt sich diese Sklaverei auch fort?

Marina.

Kein Mensch wird hier als Sklav' geboren. Alle
Sind frei, wenn nicht die Eltern sie verkauft
Und sie nicht Kriegsgefang'ne sind.

Cortez.

Werden
Denn diese Sklaven liebevoll behandelt?

Marina.

Als Diener sind sie Glieder der Familie.

Olmedo.

Geschichte hat das Volk der Mexikaner
Wohl nicht, nicht eine Sprache, nicht ein Recht?

Marina.

Sie haben eine Sprache und ein Recht,
Sie haben alte Sagen und Geschichten
Von Vätern auf die Kinder fortgeerbt.
In unsern Schulen wird die Schrift gelehrt,
In welcher unsre Rollen sind geschrieben.

Olmedo.

In euren Schulen?

Marina.

Neben unsern Tempeln
Sind Schulen eingerichtet und die Künste
Des Wissens lehren dort die Priester uns.

Olmedo.

Die Götzenpriester, diese blut'gen Würger
Vermöchten Civilisation zu pflanzen?
Der Mann, der kalt den Unschuldsvollen mordet,

Kann nicht der Lehrer unschuldsvoller Jugend
Und schöner Künste sein!

Marina.

Ein Unterorden
Der Priester leitet dort den Unterricht.
Der Dienst im Tempel muß errungen werden
Durch einen hohen Grad von Weisheit, Tugend.

Cortez.

Was lehren euch die Priester als Geschichte
Des Landes? Von woher kam dieses Volk?

Marina.

Vom Norden drangen wilde Horden ein,
Vom große Flusse, zogen südlich fort
Bis in das große Thal Anahuac.
Sie fanden unter einem mildern Himmel
Ein sanftres Volk und sanftre Sitten vor.
Die Künste blühten, Ackerbau, Gewerbe
Und Malerei ererbte es von einem
Der Götter, den sie hochverehrten als
Wohlthäter und Beglücker ihres Reichs.

Ein Theil der Tapaneken trennte sich
Vom andern und vereinte sich durch Heirath
Mit den Tolteken, doch der Hauptzug kam
Nach wen'gen Tagen an den See Tezcuco.
Sie sahen einen Adler in der Mitte
Auf einem Felsen sitzen und in seinen
Gewalt'gen Fängen wand sich eine Schlange
Von gar gewalt'ger Größe und Gestalt.
Da hob mit majestät'schem Flügelschlag
Der Adler sich und war dem Blick entschwunden,
Die Königsschlange in den Fängen haltend.

Die Tapaneken jauchzten auf voll Jubel,
Sie nahmen das Gesehene als Omen
Von ihren Göttern, ihnen anzudeuten,
Daß hier der Platz für ihre Stadt gefunden.
Sie bauten Kanoes und bald erhob
Sich Haus an Haus auf hohen Felsenriffen,
Die schroff den Spiegel jenes Sees durchbrachen.
Dann bauten sie drei Straßen durch den See,
Verbanden so die Stadt mit dem Festlande
Und legten Städte an am Ende der
Drei Straßen.

Cortez.

Niemals glaubte ich so viel
Geschick und Kunstsinn unter euch zu finden.

Marina.

Sie nannten ihre Stadt Tenochtitlan.
Sie wuchs und wuchs, ein Wunderwerk der Welt.
Doch ihre Bürger wurden bald der Schrecken
Der Nachbarn, die sie rasch sich unterwarfen.
Es würde euch ermüden, alles zu
Vernehmen, was uns jene Priester lehren

Als die Geschichte dieses großen Reichs.
Sie brachten bald das ganze Thal an sich
Und die Altäre ihrer Götter hatten
Der Opfer stets genug. Es drang sogar
Ihr König Montezuma (seines Namens
Der erste) bis hierher, zum Meere vor
Und unterjochte alle Völkerschaften.

Cortez (zu Olmedo).

Sie sind die Römer dieser neuen Welt.

Marina.

Nur eine kleine Republik, Tlaskala
Spricht Hohn dem mächt'gen Kaiser Mexikos.
An ihrem Bergeswall bricht seine Macht
Und die Bewohner jenes Landes steh'n
Ihm fest entgegen, wo sie immer können.

Cortez (rasch).

Wo liegt das Land?

Marina.

Gen Sonnenuntergang;
Mittweges zwischen hier und Mexiko.

(Alvarado kommt)

Mit festen Mauern haben sie ihr Land
Und mit Bollwerken gegen Mexiko

Verschanzt. Den Feind erdrücken sie gewiß,
Der sich in ihre Werke wagen sollte.

Cortez.

Und dennoch müssen wir den Sturm versuchen,
Wenn sie den Durchmarsch uns verweigern sollten;
Denn diesen Kaiser Montezuma will
In seiner Wunderstadt ich kennen lernen.

(zu Alvarado)

Ist alles schon gerüstet?

Alvarado.

Alles fertig
Zum Aufbruch.

Cortez.

Heute Nacht noch treten wir
Den Marsch nach Mexiko, der Hauptstadt an.
Von unsern Schiffen liegt eins unversehrt
Im Hafen — Alle Feige mögen e s
Benutzen, um nach Kuba rückzusteuern.

Alvarado.

Kein echter Kastilianer wird sich feig
Benehmen; Alle suchen die Gefahren
Der Ehre wegen, die in ihnen ruht.

(Vorhang fällt.)

Zweiter Akt.

1. Scene.

(Offner Platz in Tlaskala. Bernal Diaz und Jose, ein Soldat, kommen im Gespräch.)

Diaz.

Was hilft's zu klagen, sich zu sträuben gegen
Gescheh'nes, das ihr nie rückgängig macht?

Jose.

Wenn ich noch einmal in der Heimath wäre
Und säße warm im eignen Nest daheim,
So könnten alle Abenteurer
Der Welt mich nicht bewegen, dieses Land
Und seine Wunderwerke zu besuchen.
Die Heiden wollet ihr bekehren und
Ihr selbst habt keinen wahren Christenglauben.
Die Nächstenliebe ist der Pflichten erste.
Ja, euer Hauptmann übt sich gar gewaltig
In dieser schönen Tugend, denn er brennt
Die Brücke nieder, die uns noch verband
Mit unserm Heimathslande, unsre Schiffe.
Wer gab ihm dieses Recht?

Diaz.

Nothwendigkeit
Zwang ihn zu diesem sehr gewagten Schritte.

Ihr ließet euch von ein'gen Unruhstiftern
Gefahren malen, die nicht existirten,
Und zoget zu ihm hin, um heimzukehren.
Als er zur Heim'ehr seine Anstalt traf,
Da überkam euch Scham, und ihr verlangtet,
Die Wunder dieses Landes zu erschließen.
Ihr stürmtet in ihn, euch nach Mexiko
Zu führen trotz Gefahren, Drangsal, Noth.
Er weigerte sich; doch ihr wußtet ihn
Zu überreden. Darauf wußt' er euch
Vor einem neuen Rückfall zu bewahren,
Indem er jene Schiffe rasch verbrannte
Und euch an sein Geschick unlöslich band.

Jose.

Die ganze Sache ward von ihm geleitet —
Er ließ die Leute ihre Forderung machen,
Damit er einen Grund zum Handeln fand.

Diaz.

Was Cortez will, das führet er auch aus.
Wir sind an seine Fahne festgebunden,
Sein Untergang ist auch der unsrige.
Wie Wölfe würden diese Horden Wilder
Uns überfallen, wenn der Führer fiele.

Jofe.
Wir würden ohne ihn das Heimathsland;
Und alle unsre Lieben wiederseh'n;
Doch unter ihm sind wir verloren.

Diaz.
Feigling,
Du schämst dich nicht von Vaterland zu reden
Und seine Ehre zu besudeln durch
Verrath an deinem Führer? Cortez will
Die Herrschaft Spaniens erweitern, will
Den blinden Heiden wahres Lebenslicht,
Der Kirche heil'ge Lehre übermitteln,
Und du, ein Mops, kläffst seine Thaten an?
Glaubst du, ihn von der Bahn des Ruhms zu
                            drängen?
Ein Fußtritt und der Kläffer schweigt für immer.

Jofe.
Er hätte andre Wege wählen sollen.
Da lagen wir ein Häuflein schwacher Menschen
Den Hunderttausenden der Tlaskalaner
Bei Zampach gegenüber, täglich schlugen
Wir uns und täglich kamen neue Scharen.

Diaz.
Wie kommt es aber, daß wir hier jetzt sind
Im Herzen dieser Stadt der Tlaskalaner?

Jofe.
Ich kann es mir noch heute nicht erklären.

Diaz.
Das Pulver, die Kanonen und die Reiter
Sind diesen Indianern unbekannt
Gewesen, bis sie ihre Wirkung fühlten.
Jetzt zittern sie und suchen unsre Freundschaft.
Was Montezumas Hunderttausende
Nicht überwält'gen konnten, stehet uns
Nicht länger — einem Häuflein von sechshundert.
Die Häupter dieser Republik sind jetzt
Versammelt im Senat, um uns den Staat
Und die Hülfsmittel ihres reichen Landes
Zum Kriege gegen Montezuma sicher
Zu stellen.

Jofe.
Was soll uns der rauhe Haufen
Von Wilden? Ueberall sind sie im Wege
Und Cortez sollte Hülfe ganz ablehnen.

Diaz.
Das Häuflein Unzufriedner wächst und wächst,
Bis es zu einem Haufen angewachsen
Rasch Montezumas stolzes Reich zermalmt.

Jofe.
Ich glaube nicht daran.

Diaz.
Die Zukunft wird

Euch zeigen, daß die Tlaskalaner uns
Vom größten Nutzen waren.

Jofe.
Geb' es Gott!
(Beide ab.)

2. Scene.

(Cortez, Ticotencatl, Olmedo, Alvarado und andere Großen kommen.)

Cortez.
Das Anerbieten nehm' ich an mit Freuden.
Es zeigt mir, daß der Untergang des Roms
Der neuen Welt von einer höhern Macht
Beschlossen ist. Die heil'ge Jungfrau selbst
Und ihre Engel folgen unsern Fahnen;
Sie segnet uns in unserm Unternehmen
Und ihre Engel kämpfen uns zur Seite.
Glaubt ihr, daß schwache Sterbliche vermögten
Den Hunderttausenden der Eurigen
Zu widersteh'n? Weshalb vertrautet ihr
Nicht meinem Worte, daß ich nicht als Feind
Erscheine, sondern nur den Durchmarsch wolle?

Ticotencatl.
Ein ungeruf'ner Freund in Waffen wird
Ein Feind in der Umzäunung unsrer Grenzen.
Wer meines Vaterlandes heil'gen Boden
Mit Waffen in der Hand betreten will,
Der ist mein Feind und kein vernünft'ger Mensch
Verargt es mir, daß ich ihm widerstehe.

Cortez.
Ihr setztet uns gewaltig zu.

Ticotencatl.
Wir sind
Vereinigt und du mögest jetzt gebieten,
Wie viele unsrer Krieger mit dir zieh'n.
Die Republik ist nicht gewohnt, zu werben
Um Gunst der Mächtigen, sie stützt sich nur
Auf ihrer Bürger heldenreiche Schaaren.
Wir haben eingesehen, daß du uns
Als ebenbürtig gegenüber tratest;
Und da du unsern Todfeind zücht'gen willst,
So schlossen Frieden wir und steh'n vereint
Den Waffen Montezumas gegenüber.

Cortez.
Das Volk der Mexikaner liebt den Kaiser?

Ticotencatl.
Der Montezuma ist beliebt, doch seine
Geheimen Räthe, seine Steuersammler
Und anderes Gesindel schadet ihm.

Cortez.
Und weshalb seid ihr diesem Nachbar gram?

Ticotencatl.
Nach unsrer Unabhängigkeit hat längst

Sein Sinn gestanden; aber seine Schaaren
Sind blutig heimgeschickt, so oft sie auch
Der Anden hohe Häupter überstiegen,
Und uns mit Krieg und Elend überzogen.
Es wurden unsern Göttern Dankesopfer
So häufig schon gebracht, daß unsre Weisen
Verboten, Jahrestage zu begehen,
Da andrentheils kein Tag der Arbeit bleibe.
Es rauchten die Altäre unsrer Götter
Vom Blut der Mexikaner schon seit Jahren,
Und euer Blitz und Donner wird uns Schaaren
Gefangner liefern.

Cortez.
Nicht als Opfer für
Die Götzenbilder, die ihr Götter nennt.
Es ist nur ein Gott und der will nur Opfer
Der Liebe und Barmherzigkeit; sein Sohn
Hat für der Menschen Sünde sich geopfert
Am Kreuze, daß sie alle selig werden.
Seit jener Zeit sind Menschenopfer streng
Verboten und ich werde sie nicht dulden.
Laßt mich nicht hören, daß ihr fernerhin
Gelüste tragt nach der Gefang'nen Blut.

Xicotencatl.
Ein jeder thut mit den Gefang'nen, was
Er will; die wir gefangen nehmen werden,
Verfallen den Altären.

Cortez.
Nimmermehr!
Ich würfe eure Götzen von den Söckeln,
Den Feuerbrand in eure Mörbergruben,
Und sendete die blutbespritzten Priester
In's Reich des Satans, dem sie angehören.

Olmedo.
Weshalb ereiferst du dich? Sagte er
Etwas, was dir vernunftwidrig erschien,
So widerlege seine Ansicht ruhig.
Der Zorn steht schlecht auf eines Mannes Stirn,
Denn wer Verehrung, Liebe ernten will,
Der muß nicht hellen Zorn und Haber sä'n.
Du würdest nur die Leidenschaft aufstacheln,
Wenn du jetzt ihre Götzenpriester reiztest;
Sie würden scheinbar dein Begehren achten
Und ihre Menschenopfer ruhen lassen,
Bis sie nicht länger unsre Fahnen seh'n.
Willst du das Bild der heil'gen Muttergottes
Von Götzenpriestern frech besudeln lassen?
Wenn ihre Götter du verhöhnen läßt,
So werden sie den wahren Gott mißachten,
Der ohne Schutz in ihrer Mitte steht.

Cortez.
Der wahre Gott, der auf dem Sinai
Sein heil'ges Haupt verhüllte und in Blitzen

Zu seinem auserwählten Volke sprach,
Der Gott wird auch sein Heiligthum bewahren
Inmitten dieser Heiden wilden Schaaren.
Die Mutter Gottes, sichtbar unsern Augen,
Umschwebet uns und segnet unsre Schritte.
Den Schutzpatron von Spanien erblickten
Die Krieger in der Schlacht an dem Tabasco —
Er ritt ein weißes, schöngeformtes Pferd
Und wo er seines Flammenschwertes Spitze
Hinneigte, hielt der Tod die reichste Ernte.

Olmedo.
Die Himmlischen beschützen dich, mein Sohn,
Nur unter ihrem Beistand kannst du siegen.
Dein Selbstvertrauen, deiner Leute Muth
Entspringt der Zuversicht des höchsten Schutzes.
Doch laß die Milde und Versöhnlichkeit
Den Weg dir bahnen zu den Herzen dieses
Gewalt'gen Volkes, laß sie Liebe seh'n,
Wo sie des Kriegers muth'gen Arm erwarten
Und laß Verzeihen statt der Rache walten.
Dann lehrst du sie das wahre Christenthum
In deinen Werken; dann kannst du dereinst
Die reinen Hände auf zum Himmel heben
Und deinen Gott um seinen Schutz anfleh'n
In deiner letzten Stunde. Denke stets,
Daß diese Stunde deine letzte sei,
Was du alsdann vollbringst, ist wohlgethan.

Cortez.
Am Hergebrachten hängt der Mensch am meisten;
Denn nur der eigne Vortheil heilet ihn
Von hergebrachten Uebeln oder die
Gewalt — kein andres Mittel will verfangen.

Olmedo.
Die wahre Christenliebe leite dich.
Blick' auf die Fahne deiner tapfern Schaar:
Die heil'ge Mutter Gottes blicket lächelnd
Auf den an ihrem Busen ruhenden
Erlöser. Ist das nicht das Bild der Liebe?
Und du willst Haß und willst den Mord aussäen?
Du glaubst, dein Gott sei nur ein Gott der Rache.
Du irrest sehr, er ist der Gott der Liebe.

Cortez.
Es stehet mir nicht zu, hochwürd'ger Vater,
Mich um den Sinn des wahren Christenthums
Mit Euch zu streiten. Führet diese Heiden
Dem wahren Gotte zu nach Eurer Weise.
(zu den Granden)
Da uns nichts weiter hält in Tlaskala,
So rüstet euch zum Marsch nach Merito.
(zu Xicotencatl)
Der Held von Tlaskala führt seine Schaaren.
Ich hoffe, daß er seines Volkes Feinde
Zu treffen weiß. Auf, rüstet euch zum Aufbruch!
(Alle ab; Cortez allein)

Cortez.

Der gute Pater war im Recht. Zu hitzig
Verfolge ich den tollen Aberglauben,
Dem diese Heiden noch verfallen sind.

Der wahre Glauben wird dies Volk erleuchten,
Sobald in seiner Huld es Gott gefällt,
Daß ich dem Kaiser unsre Lehre bringe.
Von Oben kommt der Sonne Lebenslicht;
Das Licht des neuen, reinen Glaubens muß
Dem Volk von Oben, durch den Kaiser werden.

Und siehe ich am Ziele, kehr' ich heim
Und bringe meinem Kaiser dieses Reich,
Dem Papst die Schaaren der bekehrten Heiden,
So wird man mir verzeihen, daß ich einst
Nach eigner Machtvollkommenheit gehandelt.

(Marina kommt)

Marina.

Was hörte ich? — Ist es bereits beschlossen,
Daß wir so rasch die Stadt verlassen werden,
Die deinen Leuten sichre Rast gewährte?
Sei nicht zu eilig, Cortez! Immer noch
Erreichest du die Hauptstadt der Azteken.

Als ich die Posten hierherein passirte,
Bemerkte ich den Offizier der Wache
Und einen langen Zug von Mexikanern.
Sie sagten mir, sie seien hergesendet
Von Montezuma mit Geschenken für
Den König Spaniens und dich, den Donn'rer.

Cortez.

Den Donnerer?

Marina.

Weil du dem Blitz und Donner
Gebietest nach Belieben, nennen sie
Den Donn'rer dich.

Cortez.

Wen sendet mir der Kaiser
Als Träger seiner Botschaft und Geschenke?

Marina.

Die Stützen seines Thrones: Fürst Tezcuco,
Cacama und drei Prinzen von Geblüt.
Dort kommen sie; jetzt sei verschmitzt Geliebter.

(Marina geht links ab; Gesandtschaft kommt von rechts)

Cortez.

Willkommen in dem Lager eurer Freunde,
Gesandtschaft des Beherrschers Mexikos.
Was hat der Kaiser mir durch euren Mund
Zu sagen?

Cacama.

Großer Krieger eines Königs,
Der fern im Osten unsres Reiches thront,
Wir legen dir Geschenke vor für ihn,
Befehlen dir, sofort zurückzukehren
Und die Geschenke ihm zu überbringen.

Cortez.

Dem Willen eures Kaisers zu genügen,
Beeile ich mich die Geschenke rasch
Dem Kön'ge Spaniens zu übersenden.
Ich werde einen Stellvertreter senden;
Denn meinem Auftrag muß ich Folge leisten.

Cacama.

Der Kaiser Montezuma räth dir ferner,
Von deiner Absicht abzusteh'n, die Stadt
Tenochtitlan mit deinen Leuten zu
Besuchen.

Cortez.

Nichts vermag mich abzuhalten,
Dem Auftrag meines Königs zu gehorchen.
Dem Kaiser Montezuma nur allein
Vertraue ich die Botschaft. Ihn zu seh'n
In seiner Herrlichkeit auf gold'nem Throne,
Umgeben von den Zeugen seiner Macht,
Umjubelt von den Millionen dieses
Gewalt'gen Volkes, bin ich hergeeilt
Auf Windesflügeln tausende von Meilen.

Cacama.

Bedenke, Kaiser Montezuma räth
Dir an, die große Stadt nicht zu besuchen.
Er würde euch nicht schützen können gegen
Das Volk.

Cortez.

So schützen wir uns eben selbst
Und zeigen ihm, wie man Rebellen züchtigt.
Wenn er mir die Erlaubniß geben will,
Mit meinen Leuten seine Hauptstadt zu
Besuchen, werden wir uns selber schützen.

Cacama.

Doch er befiehlt dir, eilig umzukehren
Und nicht mit seinen Feinden Freund zu sein.

Cortez.

Ihr achtet diese Tlaskalaner auch
Als Ehrenmänner, ebenso wie ich,
Sonst würdet ihr gewiß nicht vor mir stehen
In ihrer Stadt. Des Kaisers Feinde sind
Nicht hier zu suchen, sind nicht hier zu finden.
An Umkehr denk' ich nicht trotz des Gebotes
Des Kaisers, den ich bald besuchen werde.

Tezcuco.

So willst du dich dem ausgesprochnen Willen
Des Königs aller Kön'ge widersetzen?
Er wird sein Volk aufbieten wider dich,
Den Eindringling, und seine Legionen
Von Hunderttausenden vermögen sicher
Das Häuflein deiner Leute zu erdrücken.

Cortez (stolz und verächtlich).

Ihr drohet mit Gewalt? — Blickt nach Tabasco

Und zählt die Leichen der erschlagnen Krieger!
Mein Häuflein warf die Legionen
In Jucatan und sollte hier sich fürchten?
Die Tlaskalaner fühlten unsern Arm;
Doch eure Legionen schickten sie
Euch heim mit blut'gen Köpfen! O ihr Prahler,
Mit Drohen wollt ihr einen Krieger schrecken?
Geht heim und meldet meine bald'ge Ankunft
Dem Kaiser Montezuma. — Wehe euch
Jedoch, wenn ihr nur über Unheil brütet!
Es würden meine Feuerschlünde euch
Mit Tod, Vernichtung überschütten und
Das Streitroß hochgebäumt euch niederwerfen.

(ab)

Cacama.
Was ist die Absicht dieses fremden Mannes?
Was will er unserm Kaiser Großes bringen,
Das er uns nicht anzuvertrauen wagt?

Tezcuco.
Mit Hülfe dieser Tlaskalaner will
Er sich zum Herren dieses Landes machen!

Cacama.
Ein aberwitz'ges Unternehmen. Niemals
Wird er mit dieser Handvoll seiner Krieger
Den Heeren unsers Kaisers stehen können.

Tezcuco.
Der Rath Guatemozins war der beßre.
Wenn man dem Eindringling die Waffen zeigte,
So würde eilig er das Land verlassen.
Mit eitlen Prahlereien und Geschenken
Sind diese weißen Männer nicht zu schrecken.

Dort kommt Marina, unsres Volkes Tochter,
Die Sklavin dieses wilden Abenteurers.
Laßt mich mit ihr allein. Vielleicht vermag
Durch sie ich diesen Cortez zu bewält'gen.
(Gesandtschaft geht rechts ab; Marina von links)

Marina.
Fürst von Tezcuco, eines großen Vaters
Verehrter Sohn. Der Zufall hat's gewollt,
Daß ich dich hier allein antreffen soll.
Du bist des großen Kaisers feste Stütze;
D'rum wisse, daß der Cortez hergekommen,
Den Oelzweig in der Hand —

Tezcuco (ärgerlich).
Und Blitz und Donner!
Glaubst du, daß ich hier vor dir stehen würde,
Wenn ich Belehrung über etwas suchte?
Wer bist du? Bist du nicht der Volksbefe
Entsprungen, und vermissest dich den Fürsten
Zu lehren, den die Götter dir gegeben?

Ich sage dir, daß dieser Mann mißliebig
Geworden ist, und mein Befehl an dich

Ist einfach der, ihn schleunigst zu entfernen.
Was du für Mittel brauchst, ist uns ganz gleich:
Nur zwinge ihn zur Flucht aus diesem Lande.

Marina.
O tapfrer Fürst Tezcuco, wie beseelt
Dich Furcht und Zweifel an der Allmacht deines
Geliebten Kaisers. Reiche konnte er
Zertrümmern. Einem Häuflein tapfrer Männer
Vermag der Kaiser nicht zu widerstehn?
Ja freilich, wenn der Fürst Tezcuco zittert,
So werden schwäch're Herzen angesteckt.

Tezcuco.
Wer sagt dir, daß ich mich vor Cortez fürchte?
Wo ist hier Grund zu banger Furcht für mich?

Marina.
Ein Mann, der auf Geheiß des Kaisers einst
Mit seinem Bruder Händel suchte wegen
Des Erbtheils, das der Vater ihnen ließ;
Ein Mann, der heiße Schlachten lieferte,
Um seinen Antheil tapfer zu verlieren,
Ein solcher Mann hat längst die Furcht beseitigt.
Wer bist du, Lehnsvasall des Montezuma,
Daß du dem Weibe eines Abgesandten
Des Königs beider Spanien befiehlst?
Ein Wort von mir und niemals würdest du
Mit weitern Prahlerei'n die Welt beläst'gen.

Tezcuco.
Sein Weib — Mit Prahlerei'n die Welt beläst'gen —

Marina.
Du wähnst mit deinen Kriegen gegen ihn,
Den die Natur zum Bruder dir gegeben
Dir einen Namen stolz gemacht zu haben?
Tezcuco, gegen dich nur wüthest du,
Wenn du des Montezuma Feinde schlägst:
Je mehr die kleinen Reiche ringsum fallen,
Um so viel steiget der Azteken Thron!
Indem du deinen Bruder einstmals zwangst,
Mit dir das Reich der Väter zu zertheilen,
Und ihr zwei kleine Reiche gründetet,
Begründetest du Montezumas Herrschaft,
Und sankst hinab zum Sklaven seines Willens.

O fürchte nicht, daß diese Weißen kommen,
Um dir der Väter Thron zurückzugeben —
Was du dich selbst einstmals verlieren machtest,
Das hole selbst zurück.

Tezcuco.
Was ist die Absicht
Des Cortez?

Marina.
Euren Kaiser zu besuchen
Und ihm die Grüße seines großen Königs
Zu überbringen. Aber Fürst Tezcuco

Es ist nun Zeit zum Aufbruch. Sag' dem Kaiser,
Er möge diesen Cortez niemals reizen:
In seinem Zorne ist der Sanfte furchtbar,
Und Gottes Blitze ruh'n in seiner Hand.
(Beide ab.)

3. Scene.

(Landhaus des Montezuma in der Nähe' der Stadt Meriko.
Montezuma und seine Kinder Isabella und Pedro; später
Cacama, Tezcuco und Guatemozin.)

Montezuma (zu Isabella).
Nicht schön ist es, den Kaiser zu belügen;
Den Schwiegervater auch zu hintergeh'n,
Ist doppelt unschön — Und Guatemozin,
Dein Mann, mein liebes Töchterlein, thut es!
Bin ich verpflichtet, seinem Willen mich
Zu beugen; ist es nicht genug, daß ich
Im Rathe seine Meinung prüfend höre?
Muß dieser Brausekopf auch die Familie
Benutzen, seinen Willen durchzusetzen?
Noch bin ich Kaiser und mein Wille herrscht.
Er möge sich vor neuem Unheil hüten.

Isabella.
Und wenn er zehnmal auch der Klügste wäre,
Dem ausgesprochnen Willen seines Kaisers
Und seines Rathes würde er gehorchen,
Und wenn er wüßte, daß verkehrt es sei.

Montezuma.
Ich weiß sehr wohl, was er im Schilde führt.
Den Abgesandten jenes fremden Königs
Will er in unsrer heil'gen Stadt Cholula
Mit Hinterlist ermorden.

Isabella.
Wollte er
In Wirklichkeit den kühnen Streich vollführen,
So solltest du ihm dafür dankbar sein.
Du könntest nicht dafür verantwortlich
Gehalten werden, wenn er unterläge.

Montezuma.
Ich seh' die Sache von der andern Seite.
Es kommen Fremdlinge hierher vom Osten,
Auf welche jene Prophezeihung paßt,
Die hunderte von Jahren die Gelehrten
Beschäftigte. Sie kommen her als Freunde,
Wir wittern Feinde ohne welchen Grund
Und stellen ihnen nach wie wilden Thieren.
Von Montezuma soll man nie erzählen,
Daß er des Gastrechts heil'ge Pflicht verletzte.
Du Pedro, rüste dich, zu deinem Schwager
Guatemozin hinzugeh'n, um ihm
In meinem Namen Ruhe zu gebieten.

Pedro.
Ich aber will nicht! — Sterben sollen sie
In unsrer heil'gen Stadt Cholula, wo

Die Götter thronen. Dort im Angesicht
Der Tempel und in Gegenwart der Götter
Wird eine Nacht die Feinde niederwerfen,
Die unsre Götter überall verhöhnen.

Montezuma.
Und wenn mein ganzes Haus sich gegen mich
Auflehnt, wenn alle den Gehorsam künd'gen,
Ich weiche von der Bahn des Rechts nicht ab.
Bringt mir mein Diadem, den Stab, das Schwert.
Und angethan mit den Insignien
Will ich mein Volk vor dem Verderben retten —
Ich gehe selbst — Mir wird Guatemozin
Nicht trotzen, soweit wird er es nicht treiben.

Isabella.
Woher die Hast, den Fremden zu gefallen?
Ist unser Vater denn ein Weib geworden,
Das nicht den Augenblick erwarten kann,
Wo seine Neugier soll befriedigt werden?
Die Fremden werden dich besuchend kommen;
Dann sorge du dafür, daß sie uns achten
Und nicht von uns das Unsrige begehren.

Montezuma.
Wer will von mir etwas erzwingen können,
Was ich verweigere? Kein Lebender!
Wer sind die Fremden? Meine Läufer zählten
Sechshundert Krieger, die dem Führer folgen.
Vor einer solchen Macht erzittr' ich nicht.
Ein Wink von mir und meiner Krieger Pfeile
Bedecken dieses Häuflein, daß sie nicht
Die Luft zum freien Athmen finden würden.

Isabella.
Doch jene Wesen, die sie mit sich führen —
Halb Thier, halb Mensch — die unsre Leute fürchten?
Wohin sie treten, zittert rings die Erde.
Und erst die Rohre, die den Donner machen,
Daß rings das Echo in den Thälern brüllt.
Sieh' du dich vor mit diesen Unbekannten!

Montezuma.
Sind jene Fremden Menschen wie wir sind,
So seh' ich keinen Grund für eure Furcht;
Doch sind sie höh're Wesen, wie mir scheint,
So mög unsre Ehrfurcht sie gewinnen.
So lange uns kein Grund gegeben ist,
In ihnen unsre Gegner zu erkennen,
Laßt uns in ihnen Freunde suchen, finden.
Viel besser ist's, das Unbekannte sich
Zum Freunde machen, als es zu mißachten.
Im schlimmsten Falle fallen sie als Opfer
Den Göttern, welche unser Reich beschützen;
Im besten Falle sind sie Bundesgenossen.

Ich weiß, es würden viele Völker sich
Von der Aztefen Herrschaft lärmend lösen,
Wenn diese Fremden sie beschützen wollten.

Nach den Berichten sind sie unverwundbar
Und keine Heeresmassen können steh'n,
Wenn sie den Donner und den Blitz entsenden.
Gesetzt den Fall wir würden uns verbünden
Mit diesen räthselhaften Meeressöhnen
Die fernsten Völker würden furchtsam beben,
Sobald sie hörten, daß sie zu uns ständen,
Die über Donner, Blitz gebieten können.

Pedro.
Doch woher, Vater, willst du dann Gefang'ne
Für unsre Götter nehmen?

Montezuma.
Still, mein Sohn.
Ich wünschte, niemals hätte hier ein Priester
Des wehrlos Hingestreckten Herz erfaßt
Und es den Göttern betend dargebracht.
Vier Priester halten ihn an Arm und Beinen,
Und betend schneidet dann der Oberpriester
Mit scharfem Stein des Opfers linke Brust.
Wer ist ein Mensch und kann den Gräuel preisen?

Pedro.
O Vater, Vater! du versündigst dich.
Ein früh'rer Oberpriester —

Montezuma.
Hat Erbarmen!
Die Einsicht ist ihm endlich überkommen.
Und wäre nicht Gewohnheit seines Volks,
Sein Aberglaube stärker nicht als er,
So würde er sein Diadem einsetzen,
Um einen alten Schandfleck auszulöschen.

Pedro.
Wer kommt? – Cacama ist zurück, mein Vater.

Montezuma.
So werden wir bald Näheres erfahren.

Cacama (kommt)
Mein Herr und Kaiser! Jener Cortez trotzt
Dem Machtgebote. Er folgt auf dem Fuße.

Montezuma.
So laßt uns ihn empfangen nach Gebühr.

Cacama.
Als wir Cholula, unsre heil'ge Stadt
Passirten, sah'n wir überall die Straßen
Durchlöchert und die Löcher zugedeckt
Mit Reisig — Als wir hierfür Auskunft wünschten,
Verwies man an Guatamozin uns.
Er sagte: Unsre Götter sind verachtet
Und ihre Bilder in den Staub gezerrt,
Wohin die Fremden ihren Fuß gesetzt.
Hier in der heil'gen Stadt Cholula aber
Ereilet sie das Schicksal unerbittlich;
Die Götter würden uns verlassen und
Den Fremden überliefern, wenn wir nicht

Ihr Heiligthum mit Macht erhalten wollten.
Ich warnte ihn, beschwor ihn dann zur Vorsicht,
Er blieb bei seiner ausgesproch'nen Absicht.

Montezuma.
Will dieser Brausekopf in falschem Eifer
Den Zorn der Götter auf uns niederrufen?

Cacama.
Im Augenblicke, wo wir Abschied nahmen,
Gewahrten wir die ersten Spanier —
Und hinterher den Zug der Tlaskalaner.

Montezuma.
Dann Wehe, dreimal Wehe über ihn,
Der tückisch einen Krieg heraufbeschwört.

Cacama (staunend)
So hättest du Guatamozin nicht
Entsendet, um den Anschlag zu entwerfen?

Montezuma.
Ich habe ihm verboten, irgend etwas
Zu unternehmen gegen diese Weißen!

Cacama.
Dann komme alles Blut auch über ihn.

Isabella.
Den einz'gen Mann wollt ihr verdammen,
Memmen,
Der muthig für sein Volk und Land einsteht?
Wer hörte jemals, daß Azteken feig
Dem Feinde nicht im Kampf zu stehen wagten?
Ein Kaiser der Azteken schämt sich nicht
Den Heldenmuth der Tapfern zu verdammen,
Die sich um seinen Thron zu schaaren wagen?
O pfui, ihr Memmen! Lernt von einem Weibe
Die ersten Pflichten eurer Männlichkeit!
Seid ihr zu feig, fühlt ihr euch selbst zu schwach,
Das theure Haupt der Eurigen zu schützen,
So fluchet Keinem, der die Pflicht erfüllt.

Montezuma.
Du siehst in ihm den Vater deiner Kinder,
Guatamozin, den geliebten Mann,
Und nennest deshalb sein Betragen edel.
Ich achte deine Ansicht: niemals soll
Das Weib beim Manne schlechte Absicht suchen.
Doch wir betrachten diese Sache von
Der andern Seite, sehen Ungehorsam,
Wo du nur Liebe zu den Seinen suchst.
Du nennst mich feig, du glaubst mich alt und schwach.
Wohl haben die Jahrzehnde ihre Schrift
In seinen Falten um das Auge mir
Gelegt und meine Hände zittern manchmal;
Doch glaubst du mich gebeugt durch meine Jahre,
So irrest du dich — höher schwillt die Brust
Mir noch, wenn ich der alten Zeit gedenke —
Die Zeit wird kommen, wann ich euch beweise,
Daß meine Kraft noch ungeschmälert ist.

Pedro.

Ich würde dieses Häuflein Beutesücht'ger
Mit blut'gen Köpfen aus dem Lande treiben,
Und damit meine alte Kraft bewähren!
Wer kommt denn dort in fieberhafter Eile?
Fürst von Tezcuco.

(Tezcuco kommt.)

Montezuma.

Was bringst du, mein Vetter?

Tezcuco.

O unsre arme Stadt Cholula ist
Nicht mehr —

Alle (durcheinander)

Bist du verrückt? Das ist nicht möglich!
Wer, denkst du, würde dieses Märchen glauben?

Tezcuco.

Und dennoch ist es so. Als ich entfloh
Und hierher eilte, brannte rings die Stadt:
Die Tlaskalaner rissen Häuser ein,
Die Spanier unsre Götter aus den Tempeln.
Die Tempel brannten und in Rauch und Qualm
Zurückgedrängt, erstickten die Bewohner
Der schönen Stadt der viermal hundert Tempel.
Ich wünschte, nie erlebt' ich diesen Tag.

Montezuma.

Und unsre Götter stiegen nicht herab,
Ihr Heiligthum vor Schändung zu bewahren?
Wie hat sich dieses alles zugetragen?

Tezcuco.

Als Cortez sich dem heil'gen Weichbild nahte,
Empfingen ihn die Aeltesten der Stadt
Und baten ihn, die Tlaskalaner nicht
In ihre Stadt zu bringen, da sie Feinde
Derselben sei'n schon seit der Väter Zeiten.
Er gab den Tlaskalanern den Befehl
Ihr Lager auf der Eb'ne aufzuschlagen.

Kaum waren wen'ge Stunden nur verflossen,
Als ihm die Meldung kam, daß unsre Krieger
In dichten Schaaren rings die Stadt umschlössen;
Und überall entdeckte man die Fallen
Für seine Thiere. Als die Bürger frech,
Mißachtend seine Leute schimpften, schmähten
Und Lust bezeigten zur Gewalt zu greifen,
Befahl er einen Angriff auf die Stadt.

Montezuma.

Wo war Guatemozin?

Tezcuco.

In der Stadt.
Er schürte überall die Leidenschaft.
Die Tlaskalaner, des Befehls gewärtig,
Ergriffen alle, die entfliehen wollten
Und warfen sie zurück in's Flammenmeer.

(Guatemozin kommt unbemerkt herein.)

Montezuma.

Guatemozin, das hast du gethan!
Der reichsten Städte eine liegt in Trümmern
Und gegen uns erwedtest du den Grimm
Der Fremden. Bleibt mir nun ein andrer Weg,
Das Zutrau'n dauernd wieder herzustellen,
Als sie in meine Hauptstadt einzuladen?

Guatemozin (tritt vor)

Dir nicht, du feiger Kaiser Mexikos!
Ich aber werde ruhen nicht, noch rasten,
Bis unsres Landes Bürger sich erheben
Und diese fremden Räuber züchtigen!

Komm' her, mein Weib. Dein nur allein be-
gehrend
Bin ich hierher geeilt. Du folgest mir,
Und wäre es zum Tode, zum Verderben.
Ich weiß es wohl. — Es gibt mir doppelt Muth
Für unsres Hauses Größe einzusteh'n.

(Er drückt sie an sich, während der Vorhang fällt.)

Dritter Akt.

1. Scene.

(Zimmer im Palast. Guatemozin und Cacama; später Tezcuco.)

Guatemozin (geht auf und ab)

Zwar weiset er die Furcht weit von sich ab,
Er spricht, als ob er die Gefahr verachte,
Die in Annäherung der Fremden liegt;
Wer ihn seit Jahren aber schon gekannt,
Der findet ihn verändert und erregt.
Der Kaiser fürchtet diese fremden Männer,
Und Furcht umlagert seinen klaren Geist.

Cacama.

Es fällt wie Nebel mir vor meinen Augen.
Die unheilvolle Prophezeihung hat
Ihn so entmannt, daß der zum Feigling wird,
Der niemals einen Feind gemieden hat
Beim scharfen Klang der Waffen in der Schlacht.
Wer sollte glauben, daß die Tradition
Von solcher unheilvollen Wirkung würde!

Guatemozin.

Wie jetzt die Sachen stehen, werde ich
Ihn noch einmal bei seiner Ehre fassen.

Doch sollte der Versuch vergeblich sein,
So überlasse ich ihn deiner Sorge.

Cacama.
Ich werde meiner Pflicht mich nicht entzieh'n,
Wenn mich mein Volk zu seinem Beistand ruft.

Guatemozin.
Genug, daß ich dem Hofe Montezumas
Den Rücken zeige. Bleibe du bei ihm
Und rathe ihm zum Besten unsres Landes.
Du hast die Spanier bereits geseh'n,
Sie haben nicht der Neuheit Reiz für dich,
Und deßhalb wirst du besser rathen können,
Als ich, der nur von Haß durchglüht ist
Und dessen Augen dieser Haß verdunkelt.
Bei allem denke an dein Volk, dann hand'le!

Cacama.
Nun wohl, ich werde ihm zur Seite steh'n,
Bis er Verrath an seinem Volk begeht.

Guatemozin.
Der Kaiser darf Verbrechen sich erlauben,
Wofür der schlichte Mann getödtet würde.

Cacama.
Doch ein Verbrechen waffnet auch den Arm
Des Freundes wider ihn: Verrath des Landes,
Verrath am Heiligsten der Majestät,
An seines Volkes Unabhängigkeit.
Deßhalb bewundre ich die Tlaskalaner,
Weil sie so heldenmüthig ihre Heimath
Vor unsern Truppen stets vertheidigten.

Guatemozin.
Von den Republikanern lernen wir,
Wie wir ein Kaiserreich erhalten müssen.

Cacama.
Die Tlaskalaner im Gefolge jener
Einbrecher werden jeden Unfug treiben,
Da sie berechtigt sich der Rache dünken.
Wer wird von diesen Gästen Ordnung hoffen?

Guatemozin.
Ich fordre sie von diesen rothen Männern;
Denn wehe ihnen, wenn die Bleichgesichter
Von ihnen mehr geachtet werden, als
Die Stammsgenossen gleichen Bluts und Farbe.
Das Schicksal unsrer Race wär' entschieden,
Wenn unsre rothen Brüder gegen uns
Das Schwert ergriffen.

Cacama.
                    Nicht als Racenkampf
Betrachte ich den Einfall dieser Fremden.
Ein Häuflein hat sich hier herein verirrt —

Guatemozin.
Doch dieses Häuflein ziehet Haufen nach
Und unterwirft sich diesen Continent,

Wenn wir ihm nicht ein rasches Ende machen.
Ich werde meine Freunde um mich sammeln —
Doch jetzt genug davon. Noch heute wird
Der Kaiser einen Panther hier empfangen,
Der bald entweder seinen Käfig findet
Und die Menagerie vervollständigt,
Die Montezuma sich zur Kurzweil hält,
Oder der bald das ganze Land verschlingt.
Auf Wiederseh'n bei dem Empfang des Cortez.
(ab.)

Cacama.
Den Mann nennt Montezuma Brausekopf?
Er zieht die fernste Möglichkeit sogar
In seine Rechnung, macht die Leidenschaft
Ihm seine Räthsel lösen, und er handelt
Viel mehr als mancher sich zu rühmen weiß,
Der stündlich Montezumas Ohr gewinnet
Mit Redensarten gegen diesen Mann.

Der Staatsrath wollte eiligst ihn verbannen,
Weil er dem Feinde tollkühn sich gestellt
Und seiner Väter Land vertheid'gen wollte.
Das ganze Volk bestürmte den Palast,
Den Liebling zu erblicken, ihn zu preisen.
Da wagte Montezuma nicht den Schritt,
Ihn aus des Staates Diensten zu entlassen.

(Tezcuco kommt geputzt herein.)

Der Federn reichen Schmuck beraubtest du
Die schönen Sänger unsrer weiten Fluren.
Der Kakadu und Papagein Gefieder,
Des blauen und des rothen Vogels Schiller
Verwebte eines Künstlers Hand zum Kleid
Für dich; des Adlers stolze Federn wallen
Aus deinem Hauptschmuck zu der Erde nieder.
Und welches freudige Ereigniß lockte
Den Schmuck aus deinen festverschloss'nen Truhen?

Tezcuco.
Ich staune, dich noch nicht im Festanzuge
Zu finden. Tausende der besten Bürger
Enteilten ihren Häusern, um den Zug
Des Kaisers anzusehen. Schwarz von Köpfen
Erscheint des großen Tempels weite Fläche,
Kanoes von jeder Größe und Gestalt
Durchfurchen rings den See zu beiden Seiten
Des langen Dammes, der zum Festland führt.
Und du, ein Würdenträger Montezumas,
Stehst hier und staunest meine Kleidung an?
Auf, eile, deinem Kaiser zu gefallen.

Cacama. (ernst)
An seinem Ehrentage sich zu putzen,
Geziemte mir, doch nicht am Todestage.
Das Haus der Trauer wirst du nicht betreten
In hellen Freudenkleidern. Heute stirbt
Der stolzeste der Kaiser Mexikos.
Und wir, die Würdenträger seines Reichs,

Die Stützen seines Thrones sollten uns
Mit Freudenkleidern festlich schmücken wollen?

Tezcuco.

Der Kaiser ist gesund und so gemein
Mit jedem, wie ich lange ihn nicht sah.
Und du sprichst mir von seinem Sterbetage?

Cacama.

Der Kaiser stirbt, doch Montezuma lebt!

Tezcuco.

Ein Wortspiel — weiter nichts. Jetzt eile dich,
Den Festschmuck anzulegen für den Aufzug.

Cacama.

Von diesem Tage werden unsre Kinder
Den Untergang des Reiches der Azteken
Datiren — Fremde haben sich erlaubt,
Den Einzug in die Hauptstadt zu ertrotzen.

Tezcuco.

Sie kommen, unsern Kaiser zu besuchen,
Und ihre Huldigung ihm darzubringen.

Cacama.

Das war die Sprache nicht, der sich mein Bruder
In Gegenwart des Cortez einst bediente.

Tezcuco.

Cholula fiel seit jener Zeit in Trümmer,
Obgleich der Kaiser seinen Schwiegersohn
Mit jeder Vollmacht ausgerüstet dorthin
Entsendet, um die Fremden zu vernichten.

Cacama.

Was sagst du? Ist dies eine freche Lüge?
Will man den Montezuma damit retten
Vor dem Verdammungsurtheil seines Volks?
Ist's Wahrheit? Trieb er so gewagtes Spiel,
Und jener brave Mann verrieth ihn nicht?
Nein feiler Höfling, so klein ist der Kaiser
Noch nicht, daß er es uns verheimlichte,
Wenn er den kühnen Streich befohlen hätte.
Er würde dann genug des Muthes haben,
Um diesen Fremden kühn zu widersteh'n.
Es war das kühne Werk Guatemozins.
Mit seines Kaisers Zorne kaufte er
Die Achtung dieses ganzen, großen Volks.

Tezcuco.

Doch wüßtest du, was ich besorgen mußte,
Du würdest nicht an Montezuma zweifeln.

Cacama.

O kannst du einen Zug von Männlichkeit
An unserm Kaiser zeigen? Thue es.
Wie gern, wie gerne möchte ich ihn achten,
Der jetzt verachtungswerth erscheinen muß.

Tezcuco.

Dem Häuptling Quatpopoca galt mein Auftrag.
Er soll die Mannschaft jener kleinen Stadt,

Die diese Spanier an der Küste bauten
Und Costa rica bella Cruz benannten,
Durch einen kühnen Zug gefangen nehmen.
So würde Cortez, auf sich hingewiesen,
In unsern Händen sein.

Cacama.

Ein kühner Plan.

Tezcuco.

Vom Meere abgeschnitten, ohne Freunde
Und ohne Nahrungsmittel fielen bald
Die kühnen Räuber unsern Landesgöttern.

Cacama.

Und diesen Plan hat Montezuma dir,
Er selbst dir anvertraut?

Tezcuco.

Der Kaiser selbst.

Cacama.

Dann laß' uns eilen — Unglück fordert Bei-
leid.
Wenn sich der Kaiser auch in seinen Mitteln
Vergreift, Verrath der offnen That vorzieht,
So zeigt dieser Plan doch Widerstand
Und ferne Möglichkeit des guten Endes.

(Beide ab.)

2. Scene.

(Scene wie Akt 1. Scene 1. Cortez, Alvarado, Olmedo, Diaz
und andere Große, sowie Marina kommen; später Montezuma und sein Hofstaat.)

Cortez.

Ein Häusermeer! So weit das Auge reicht,
Erscheinen Zeichen der Kultur und Kunst.
Nicht so viel Glanz, nicht solche prächt'ge Bauten
Vermuthete ich hier zu finden. Solche
Gewalt'ge Massen konnten Menschenhände
Bewegen, da die Mexikaner keine
Zugthiere haben? Welcher feste Wille
Und welche Thatkraft waren hierbei thätig!

Diaz.

Nicht fester Wille, Despotie des Einen,
Der große Massen in Bewegung setzte.
Gefangne bauten jene Götzentempel,
Die sich wie Pyramiden dort erheben,
Um schließlich dort geopfert auch zu werden.

Cortez.

Das Ende aller großen Erdensöhne:
Auf ihren eignen Werken ruhen sie,
Geopfert ihrem Ehrgeiz, ihrem Dünkel.

Alvarado.

Der Kaiser nimmt sich Zeit.

Diaz.

Ein großer Herr
Liebt nicht die Pünktlichkeit. Ein jeder wartet
Der Gunst, sein Menschenangesicht zu seh'n.

Nur deßhalb eilet er nicht allzusehr,
Da er den Uebrigen so ähnlich ist.

Olmedo.
Ich sehe einen langen Zug sich nahen.
Um eine Sänfte reihen sich die Träger
In festlichem Gewande, ehrfurchtsvoll
Macht Platz das Volk, das uns den Weg versperrt.
Zahllose Fächer seh' ich rastlos thätig,
Die diesen Zug von allen Seiten schließen.

Cortez.
Das ist der Kaiser! Dieser Augenblick
Entscheidet unser ganzes Unternehmen.
Er holt uns selbst in seinen Herrensitz,
Und wir sind nicht mehr freche Eindringlinge.

Diaz.
Das Auge wendet sich geblendet ab
Von solcher Pracht, von Gold und Edelstein.
Vier Säulen Goldes sind geformt zu Stangen,
Die hoch des Thrones bunten Himmel tragen.
Stolz auf dem Throne, hoch erhaben sitzt
Der Kaiser dort in seiner ganzen Pracht.
Das Scepter in der Hand, den Federbusch
Auf seinem Haupte statt der gold'nen Krone,
Die Rüstung umgeschnallt, so nahet er.

Marina.
Auf eure Kniee staubgebor'ne Menschen.

Olmedo.
Vor Gott allein und seinem Stellvertreter,
Dem heil'gen Vater, beugen wir das Knie.

Cortez.
Der Augenblick entschädigt uns für alles,
Was wir an Drangsal, an Gefahr bestanden.
(Montezuma kommt mit Guatemozin, Tezcuco, Cacama und seinem Hofstaat auf die Scene. Cortez geht auf Montezuma zu.)
Der große Kaiser Montezuma möge
Empfangen meines mächt'gen Königs Gruß.
Er sendet uns so fern vom Osten her,
Um milde Sitten unter euch zu pflanzen
Und euch den wahren Weg des Heils zu zeigen.
Es möge Eure Majestät geruhen,
Aus diesen Dokumenten alles zu
Entnehmen, was mein hoher Herrscher wünscht.
(reicht ihm Papiere)

Montezuma.
Willkommen in der Hauptstadt Mexikos,
Dem Schutz der Götter sei mir hier empfohlen.
Wer reinen Herzens zu uns kommen will,
Um unsres Landes Segen sich zu freu'n,
Der ist willkommen.

Die Begleitung.
Seid willkommen, Fremde.

Cortez.
Dank, heißen Dank für diese Ueberraschung.
Wir glaubten hier als Feinde zu erscheinen
Und finden uns so herzlich aufgenommen.

Montezuma.
Ihr waret keine Fremde, keine Feinde.
Die Götter hatten eure Ankunft längst
Vorher verkündet durch der Priester Mund.

Cortez.
Woher kann aber jener Ueberfall,
Der uns in dem Cholula zugedacht?

Montezuma.
Nur mit Bedauern habe ich vernommen,
Daß Leute euch ein Hinderniß bereitet,
Die überall nach Feinden spähen. Lassen
Wir dieses tief bedauerte Begebniß.
In meines Vaters prächtigem Palaste
Ist für ein Unterkommen schon gesorgt.
(Alle ab; Guatemozin, Cacama und Tezcuco bleiben zurück.)

Guatemozin.
Die Rolle hast du meisterlich gespielt,
Du schwacher Kaiser eines starken Volkes.
Die Fremden fürchtest du — die bleiche Wange,
Der fieberhafte, schrille Klang der Stimme
Verriethen dich. Verrathe deine Freunde,
Verrathe dieses Volk, verrathe dich,
Doch bleibe Mann und zitt're nicht vor Schande.
Das Brandmal eines Heuchlers hast du dir
Bereits auf deine Herrscherstirn gedrückt.
Was Wunder, daß du zu der Lüge greifst?

Tezcuco. (klopft ihn auf die Schulter)
Wo bist du? Denkst du an den Augenblick,
Der dich einstmals zum Handel rufen soll?
Er ist dahin — Cholula ist vernichtet.
Du thatest deine Schuldigkeit, befreunde
Dich mit dem neuen Stande dieses Reich's.
Die Fremden sind nicht weiter zu vertreiben,
Wenn du nicht offen Rebellion anzettelst.

Guatemozin.
Und wenn ich's thue? — Hochverräther bin
Ich in den Augen dieser fremden Männer,
Da mich der Kaiser selbst als solchen malte.
Nun wohl! Ich will ein Hochverräther werden
An Kaisers Majestät, wenn er es ehrlich
Mit diesen kühnen Abenteurern meint.

Tezcuco.
Doch bist du sicher, daß er nicht vielleicht
Dich nur zum Handeln spornt?

Guatemozin.
Deß bin ich sicher!
Weshalb noch länger hohle Worte wechseln
Mit einem Manne, der seit kurzem offen
Partei für diese Fremden hat ergriffen?

Das Fremde reizt und blendet dich, Tezcuco.
Doch hüte dich! Die Motte wird gereizt
Vom Lichte, tanzt in immer engern Kreisen
Um dieses fremde Element, um endlich
Geblendet in der Flamme zu versinken.

Cacama.

Laßt uns abwarten, ob der Zeiten Lauf
Die Nebeldecke nicht vor seinem Auge
Zerstreut und er, der Adler seines Volks,
Den Feind mit starken Fängen fassen wird.

Es nützt der guten Sache nichts, uns stolz
Von unsern Widersachern fern zu halten.
Laßt uns den Fehlern, Mängeln dieser Fremden
Nachspüren — Sicher kommen wir zum Ziele,
Wenn wir auf schlaue Weise sie umgarnen
Mit herzlichem Entgegenkommen.

Guatemozin.

Fort,
Hinweg mit allen schlauen Winkelzügen.
Das ist's, was ich an diesen Fremden liebe,
Daß sie die Winkelzüge stolz verachtend
Mit festem Schritt dem Ziel entgegen eilen.
Ich könnte dieser Männer Weise lieben,
Wenn sie nicht gegen meine Brüder zögen.

Tezcuco (im Abgehen)

Die nähere Bekanntschaft mit den Fremden
Wird dich von diesem Wahne gründlich heilen.

(Geht ab.)

Guatemozin.

Ich weiß sehr wohl, daß dich die Stellung
drückt,
In welche dein Versprechen dich gestellt;
Doch du hast einen Auftrag zu erfüllen
Zum Wohle deines Volkes. Einen Anfang
Hast du gemacht dem Falschen gegenüber,
Der eben uns verließ. Bewache ihn.
Ich weiß nicht wie es kommen mag, daß ich
In ihm den ärgsten unsrer Feinde witt're.

Cacama.

Bei Thieren nennen wir Instinkt, was wir
Am klugen Menschen nicht erklären können.

(Beide ab.)

3. Scene.

(Große Halle. Cortez und Alvarado, später Marina und Olmedo.)

Alvarado.

Das Häuflein unsrer Leute kann sich nicht
In dieser Stadt mit irgend welcher Aussicht
(Als nur der einz'gen hier ihr Grab zu finden)
Den Massen gegenüber halten, welche
Dein Plan bewaffnen muß.

Cortez.

So kennst du ihn?

Dann bist du besser eingeweiht, als ich.
Ich folge nur dem Augenblick, vertraue
Auf Gott und unsres Handelns gute Absicht.
Was nützt es, große Pläne zu entwerfen,
Die man im Augenblicke fallen läßt,
Wo sich ein andrer Weg zum Ziele öffnet.

Alvarado.

Der Kaiser ist sehr freundlich gegen uns.

Cortez.

Er schien mir kälter als die Uebrigen
Beim Anblick der Kanonen und der Rosse.

Alvarado.

Er scheint als roher Herr nichts zu bewundern,
Als sich und seine Machtvollkommenheit.
Die Wirkung der Geschütze kennt er nicht,
Der Rosse Hufschlag hat er nie vernommen,
Es würde nur natürlich sein, wenn er
Wie andre Indianer staunen würde.
Er musterte mit kaltem Blick die Unsern;
Doch helle Zornesröthe lagerte
Auf seiner Stirn, als er die Tlaskalaner
Erblickte.

Cortez.

Niemand kann es ihm verdenken.
Hast du die stärkere Verschanzung dieses
Palastes schon in deine Hand genommen,
Wie ich dir anbefohlen?

Alvarado.

Rastlos schaffen
Die Unsrigen bereits am neuen Baue.
Die Tlaskalaner zimmerten sofort
Baracken, um ein Lager zu bekommen.
Und ehe diese Sonne untergeht,
Sind wir so sicher wie im Innern Cuba's.

Cortez.

Die Leute sollen ihre Wachsamkeit
Verdoppeln. Stelle starke Posten aus.

Alvarado.

Bei Sonnenuntergang brummt das Geschütz
Der Sonne seinen Gruß zu, wie befohlen.
Ich glaube, daß die ganze Stadt alsdann
Auf ihre Kniee fällt beim Ave Maria,
Das laut mit Donnerstimm' ertönen wird.

(Beide ab, während Marina und Olmedo kommen.)

Olmedo.

Die Kirche tröstet alle Leidende.
Was dich auch drücke, meine Tochter, traue
Dem Priester Gottes deine Zweifel an,
Daß er sie hebe, daß die Seele rein'ge
Von allem dem Unglauben früh'rer Tage,
Der festgenistet nicht vertrieben ist.

Marina.

Zum Priester nicht, zum Manne komme ich,

Der sich Erfahrung durch ein langes Leben
Gesammelt. Thu' ich recht an meinem Volke?
Die Frage soll der Mann Olmedo lösen.
So manche Nacht lag ich schon schlummerlos
Und die Gedanken jagten durcheinander,
Daß mir der Kopf zu springen drohte; stets
Erwachte ich, die Frage ungelöst.
Ich eine Indianerin wie Alle,.
Die diese ungeheure Stadt bewohnen
Und auf mich blicken voll Verwunderung,
Erdreiste mich in euere Gesellschaft,
Die ihr doch auszieht, unfre alten Sitten
Gewaltsam zu zerstören, umzumodeln?
Ist's recht, daß ich euch meine Hand anbiete
Zu dem begonn'nen Werke der Zerstörung?

Olmedo (ernst)
Die Zweifel banne. Nicht das Hergebrachte
Zu stürzen sind wir, Streiter für den Herrn,
Hierher gekommen, ohne Schön'res auf-
Zu bauen, sondern alles soll bestehen,
Wie ihr von euren Vätern es ererbtet.
Die Lehre unsres Heilands ist die Liebe:
Sie bricht sich Bahn durch alle Hindernisse.
Was nützt es mit der rohen Macht der Waffen
Die Leute zum Bekenntniß unsres Gottes
Zu zwingen, wenn ihr Herz ihn nicht verehrt?
Es wird nur einer kurzen Zeit bedürfen,
Um alle diese Heiden zu bekehren
Zum wahren Glauben unsres Herrn und Heilands.
Dir, meiner Tochter, ist vorbehalten
Ein Engel diesen Heiden zu erscheinen,
Und ihnen wahres Lebenslicht zu bringen.

Marina.
Ich küsse Eure Hand. Gesegnet sei
Die Hand, die unsrer Herzen Bund geheiligt.
Um euren Segen flehe ich, mein Vater.

Olmedo (legt segnend die Hände auf ihr Haupt)
Der Herr, der auch des Schwächsten sich erbarmt
Und über jedes seiner Kinder wacht,
Der Herr, der jedem Trost und Labsal schickt,
Wenn seine Seele zu ersticken droht,
Der Vater aller Wesen segne dich
Zu deinem heil'gen Unternehmen. — Amen!
(Sie erhebt sich.)
Die Mutter Gottes ehren wir nächst Gott
Am höchsten, sei gebenedeit ihr Name.
Auf Frauenmacht stützt sich die heil'ge Kirche:
Denn wenn der Mann in skeptisch düsterm Grübeln
Dem Wesen alles Grundes nachzuforschen
Sich unterfängt, er klügelt nicht heraus,
Was liebend eines Weibes Herz umfaßt.
Der Glaube ist der Blumen köstlichste
Und Frauenhände pflegen, warten seiner;

Der Frauen Mund ergießt des Glaubens Lehren
In's Herz des Kindes, steuert dann des Jünglings
Wildsprudelndes Gebahren, um zuletzt
Des Mannes Leidenschaft mit kluger Hand
Zu zügeln. Dieses ist des Weibes Walten
Zum Heile aller, die es sanft umschlingt.
In deiner Hand liegt viel, geliebte Tochter.
Von gleichem Volke mit dem Kaiser selbst,
Stehst du als Mittler zwischen zweien Welten.
Den milder'n Sitten und dem Christenglauben,
Mußt du den Weg zum Herzen deines Volks
Anbahnen. Deines Kaisers Angesicht
Wird sich bei deinem Himmelswort verklären;
Denn mit dir ist der Herr und seine Schaaren.
(Beide ab.)

4. Scene.
(Im Palaste des Kaisers. Montezuma geht auf und ab,
Bedienter steht wartend an der Thür.)

Montezuma.
Die schrecklichen Gestalten der Entfernten
Verlieren ihren Nimbus in der Nähe.
Die Spanier sind Menschen böh'rer Ordnung,
Doch nicht so furchtbar, als ich sie mir dachte.
Was ihre Absicht war, hierher zu kommen,
Ist mir nicht klar. Mein großes Reich zu stürzen
Ist eine Thorheit: überall herrscht Ruhe
Im weiten Thale von Anahuac;
Drum würden nirgends sie den Rückhalt finden,
Der einem fremden Feinde nöthig ist.
Den Glauben unsrer Väter zu ersetzen
Durch eine neue Lehre? Deshalb machen
Sie keine solche Rüstung, solche Reisen.
Ich kann mir keine andre Absicht denken,
Als hier das glitzernde Metall zu suchen
Das Gold. Ein lüsternes Verlangen schien
Die Augen aller plötzlich zu beleben,
Als goldne Geschenke ich vertheilte
An meine Gäste. Habt ihr weiter keine
Gedanken als an Gold, so kann ich euch
Befriedigen. Der Fürst Tezcuco komme.
(Bedienter ab.)
Der gleichen Ansicht über diese Fremden
Scheint ebenfalls mein Freund, der Fürst, zu sein.
(Tezcuco kommt.)

Tezcuco.
Mein Kaiser.

Montezuma.
Hast du schon die neuen Werke
Besichtigt, welche unsre Gäste emsig
An dem Palaste meines Vaters bauen?
Was soll das Thun bedeuten? Ist nicht Platz
Genug für sie inmitten jenes Schlosses,
So räume unsern großen Markt für sie,
Wo fünfzigtausend Menschen Handel treiben.

Tezcuco.

Ich habe dieses Treiben angesch'n.
Und räthselhaft wie ihr Erscheinen selbst
Erscheint es mir, wie rasch die Mauern wachsen.
Hier springt ein runder Bau heraus in's Freie
Und droben aus des Fensters weiter Böschung
Blickt eines jener Donnerinstrumente,
Die jene fremden Gäste mit sich brachten.
Hier pflanzen rühr'ge Hände Zacken auf
Die Mauern; dort auf Seiten unsres Tempels
Eröffnen sie ein neues Thor mit Riegeln
Und Gittern, anzuschau'n wie ein Gefängniß.

Montezuma.
Hast du den Zweck der Bauten auch erforscht?

Tezcuco.
Es scheint, als wollten sie sich heimisch machen
Die fremden Räume.

Montezuma.
Niemand soll sie stören.

Tezcuco.
Sie scheinen mir ein harmlos Volk zu sein,
Nicht angethan ein Unrecht zu begeh'n.

Montezuma.
Ein andres Volk hat andre Sitten; Niemand
Soll ihnen hindernd in den Weg sich stellen.

Tezcuco.
Gereizt wie in Cholula können sie
Mit mächt'gem Arm den Feind zu Boden werfen—

Montezuma.
Ich habe hierauf einen Plan begründet,
Mit welchem ich den Cortez überrasche.
Ich biete ihm ein Freundschaftsbündniß an,
Zum Schutz und Trutze stehen wir zusammen.

Tezcuco.
Die Priester sagten, daß sie unsre Herren
Zu werben hierher kämen.

Montezuma.
Eben desbalb
Empfing ich sie mit Liebe und Vertrau'n.
Wir kennen jene alte Prophezeihung —
Weshalb sie nicht zu unsern Gunsten deuten?

Tezcuco.
Ob du die Prophezeihung richtig deutest,
Wird uns die Zukunft lehren. Jedenfalls
Wird Cortez die Gelegenheit ergreifen,
Und durch Entgegenkommen dir zu zeigen,
Daß er als unser Freund sich hier befindet.
(Marina kommt und bleibt in demüthiger Stellung an der Thür stehen.)

Montezuma.
Nur immer näher, meine edle Tochter.
Das ist die Mexikanerin, die Cortez
Mit sanften Banden hält? Fürwahr ich möchte

Wohl Cortez sein um dieser Banden willen.
Was bringst du meine Tochter mir, dem Kaiser?

Marina.
Mein Herr und Kaiser. Mich entsendet Cortez,
Um seinen Gruß und Dank zu übermitteln.
(Auf einen Wink des Montezuma verläßt Tezcuco das Gemach.)
Die Spanier vermissen nichts im Schlosse,
Was sie nur wünschen können. Alles ist
Mit höchster Eleganz bereitet worden;
Es blickt das Auge staunend auf die Wunder
Der Malerei, die rings die Wände ziert
Und auf der Tafeln schwerbelad'ne Fülle.

Montezuma.
Mich freut's von Herzen, die Zufriedenheit
Der fremden Gäste mir erwirkt zu haben.
Es möge stets die Eintracht uns vereinen
Zu gleichen Zwecken, möge Feindschaft nie
Ihr drohend Haupt erheben zwischen uns.

Marina.
Dasselbe wünscht mein Herr und mein Gemahl.
Er hat bedauernd wahrgenommen, daß
Man seiner Ankunft jedes Hinderniß
Bereitete.

Montezuma.
Nicht ich!

Marina.
Er weiß sehr wohl,
Daß sich Parteien bilden gegen ihn,
Um ihn mit allen Mitteln zu bekämpfen;
Doch fürchtet er ihr tolles Treiben nicht,
Denn er steht unter unsres Gottes Schutze.

Montezuma.
Ein jeder Sterbliche vermeint das Recht
Zu haben, unter eines Gottes Schutze
Zu stehen, welcher ihn vor allen liebt.
Sieh dir den Himmel an mit seinen Lichtern,
Den Sternen. Wo du immer stehen magst,
Ein Stern scheint über dir allein zu stehen.
Du magst hingeh'n, wohin du immer willst,
Er folget dir und wandert mit dir fort.
Derselbe Stern scheint Andern ebenso
Zu folgen. Mit der Gottheit ist es ähnlich.

Marina.
Nicht also meinte ich. Der Gott der Christen,
Der Wunder an den Seinigen geübt,
Als sie ein kleines Häuflein ihn verehrten,
Derselbe Gott beschützt dies Unternehmen.

Montezuma.
Demnach sind diese Männer hergekommen,
Das Reich des neuen Gottes auszubreiten?

Marina.
Das ist die eine Absicht.

Montezuma.
			Und bie and're?
	Marina.
Entspringt aus jener! Eure Menschenopfer
Verstoßen gegen alles Menschenrecht
Und gegen die Gesetze der Vernunft.
	Als einst die Mexikaner, klein an Zahl,
Den Nachbarn Krieg erklärten, sie besiegten,
Da schreckte sie die Zahl der Kriegsgefang'nen.
Damit nicht jener Zahl den Staat bedrohe
Bei einem Aufstand oder einem Kriege,
Ist euer fürchterlicher Brauch entstanden.
Veraltete Gebräuche müssen fallen.
Jetzt endlich ist die Zeit gekommen, Kaiser,
Wo du mit fester Hand den Brauch vernichtest,
Und Cortez bietet dir die Hand dazu.
	Montezuma.
Ich höre staunend deiner Rede Fluß
Und lausche jedem Worte deines Mundes.
Fürwahr ein beß'rer Fürsprech konnte nicht
Die Sache hier vertreten. Auch der Kaiser
Vermag nichts gegen diesen alten Brauch,
Er ist mit seines Volkes Sein verwachsen.
Auf Priestereinfluß stützt sich meine Macht,
Und wollte ich der Priester Einfluß schmälern,
Zerstört' ich selbst die Stützen meines Thron's.
	Marina.
Den Einfluß werden wir ersetzen können;
Denn wer sich gegen seine Majestät
Auflehnt, den hetzen wir als Hochverräther.
Der Priester hat nur diesen alten Brauch
Mit seiner Gelferzunge zu vertheid'gen,
Wir wagen alles für das Menschenrecht
Und bringen Blitz und Donner als Versechter
Der neuen Zeit und ihrer beß'rn Lehren.
	Montezuma.
Es hält sich jede Generation
Für weiser, als die früheren gewesen.
Aus keinem andern Grunde, als daß sie
Stolz über aller andern Gräber schreitet.
	Marina.
Nicht deshalb. Jedes spätere Geschlecht
Empfängt die Lehren aller früheren.
Der Trieb der Fortentwickelung bemächtigt
Sich der Erfahrung und bereichert sie.
So lehren die Jahrhunderte uns Weisheit.
Und deshalb können wir auch unsre Zeit
Und ihre Lehren weiser, besser nennen.
	Montezuma.
Man trennt sich nicht so leicht vom alten
			Glauben,
Wie man von alten Kleidern Abschied nimmt!
Gewöhnlich kehrt ein Renegat zurück

Zu dem, was seine Väter ihm vererbten.
Auch du wirst einst gewalt'ge Mängel seh'n,
Wo jetzt nur Sittenreinheit dir erscheint,
Und Haß und Mißgunst wirst du dort erblicken,
Wo jetzt die Liebe nur allein regiert.
Denn sei auch eine Lehre noch so rein,
Durch Priesterhand wird sie verstümmelt werden.
	Marina.
Nur unsre Lehre nicht.
	Montezuma.
			Wir wollen hier
Den Streitpunkt stehen lassen, meine Tochter —
Vielleicht einst später mehr von dieser Frage.
Jetzt meinen Gruß zum Abschied an den Mann,
Der furchtlos seinem Gott zu dienen glaubt,
Wenn er sich blindlings in Gefahren stürzt.
Er ist willkommen mir zu jeder Stunde
Und mir zur Ehre rechne ich es an,
Daß er die schönste Tochter meines Landes
Sich zur Gefährtin seines Glücks erseh'n.
		(Marina küßt seine Hand und geht ab.)
	Montezuma.
Was ist die Absicht dieser fremden Männer?
Mit festem Schritte eilten sie hierher
Und ließen sich durch keine Schranke halten.
		(Guatemozin kommt.)
	Was bringest du? Mit sorgenvoller Miene
Betrittst du dieses Haus.
	Guatemozin.
			Ich komme her,
Um Abschied von dir für die Lebenszeit
Zu nehmen. Unsre Wege trennen sich.
Kein Mittel hab' ich unversucht gelassen,
Um dem Verhängniß vorzubeugen, das
Bereits mit unaufhaltsam sichern Schritten
Sich nahet — Du hast es herauf beschworen.
Ein Wort von dir und diese Eindringlinge,
Ihr Anschlag wären längst vernichtet worden.
Doch dieses Wort hast du zurück gehalten,
Hast sie in unsrer Hauptstadt selbst empfangen,
Und ich — ich kann der Fremden Knecht nicht
				werden.
	Montezuma.
So gehe! Doch wohin du gehen magst
Im weiten Reiche der Azteken, bist
Du unter deines Kaisers scharfem Auge.
	Guatemozin.
Sobald ein Kaiser dieses Reich regieret,
Der nicht zum Weibe sich erniedrigt hat,
Sobald ein Mann den Thron besteigen wird,
Den Montezuma nur befleckt, nicht zieret,
Bin ich der treu'ste aller Fürstendiener.

Ich gebe jetzt die Krone dir zu nehmen,
Die du unwürdig von den Vätern erbtest.
Ich gebe, um das Anrecht meines Volkes,
Das Anrecht meiner selbst und meiner Kinder
Auf dieses Land zu wahren, zu vertheid'gen.
(Montezuma will antworten.)
Es ist nicht nöthig, daß du deine Thaten
Beschönigst oder sie ableugnen willst.
Es bleibt sich gleich, wie Viele von dir scheiden
In offner Feindschaft; dir ist nicht zu helfen.

Du fällst und fällst, um nimmermehr der Held
Zu werden, welcher du einstmals gewesen.
(Geht mit stolzer Miene ab.)

Montezuma.

Noch bin ich Kaiser! — Wage mir zu trotzen
Und ich beschwöre jener Fremden Blitze
Auf dich herab. Ich fürchte keine Drohung
Aus deinem Munde. Niemals weiche ich
Der Rebellion, von dir heraufbeschworen.
(Vorhang fällt.)

Vierter Akt.

1. Scene.

(Im Palaste Montezumas. Cortez und Xicotencatl kommen im Gespräch. Alvarado und Marina; später Montezuma, Tezcuco und Cacama.)

Xicotencatl.

Vertraue nicht zu sehr dem Montezuma
Und seiner ausgesuchten Freundlichkeit.
Kennst du die Viper? Freundlich wedelt sie
Im Grase, schillernd funkeln ihre Ringe
Und ihre Augen geben hin und her,
Unvorbereitet dir den Tod zu bringen.
So schlängelt sich und biegt sich dieser Kaiser.

Cortez.

Er kommt mir äußerst harmlos vor.

Xicotencatl.

Sein Eidam
Hat sich von ihm getrennt; auf seinen Antrieb
Ist dieser Mann dein offner Feind geworden.
Glaubst du, daß er dem ausgesprochnen Wunsche
Des Kaisers sich zu widersetzen wagte?
Er würde sich des Hochverraths anklagen,
Wenn er nur den Gedanken denken würde.
Er weiß, daß Montezuma es so will;
Deßhalb ruft er die Krieger seines Volkes
Und alle Nachbarvölker zu den Waffen.

Cortez.

Und seine Absicht?

Xicotencatl.

Einen Widerstand
Zu haben gegen deine Forderung.
Er wird sich stets auf seines Volkes Willen,
Auf jenes Widerstandes Macht berufen,
Wenn du ein Bündniß ihm antragen solltest
Mit deinem mächt'gen König.

Cortez.

Tapfer Held,
Wie ungeschickt verdeckst du deine Absicht.
Zu einem zweiten Morde willst du reizen,

Doch wirst du nicht zum zweiten Mal es seh'n,
Daß ich zu deiner Rache mich bewaffne.
Das Blut der armen Opfer von Cholula
Ist kaum getrocknet und du dürftest schon
Nach einem neuen Blutbad? Weißt du auch
Was du verlangst? Ich soll zum Würger werden,
Weil ihr in Feindschaft mit dem Kaiser steht.
(Alvarado und Marina kommen.)
Es wird die blut'ge Zeit vielleicht einst kommen,
Wo ich zu ernstem Handeln euch berufe.
Dann seid bereit. Nicht eher wünsche ich
Von irgend welchen Reiberei'n zu hören.

Xicotencatl.

Dein Wille soll geschehen, Cortez; doch
Gedenke, daß ich dich gewarnet habe.
(Geht ab.)

Cortez.

Du brachtest mir nichts neues. Immer Blut
Und nichts als Blut verlangen diese Wilden.
Von den Altären tröpfelt es herab,
Ihr Strafgesetzbuch kennet nur den Tod,
Und Rache, Blut ist ihres Handelns Ziel.

Alvarado.

Weshalb entledigst du dich nicht des Menschen?
Er suchet täglich unsrer Leute Wuth
Zum Siedepunkt zu schrauben; täglich weiß
Er neue Hinterlist herauszutifteln,
Wo diese Mexikaner arglos handeln.
Als gestern Abend unsre Leute staunend
Den tiefen Baß der großen Trommel hörten,
Die auf des Tempels höchster Fläche steht,
Erklärte er, daß bei dem Fackellicht
Dem großen Kriegsgott dort geopfert werde,
Um unsern bald'gen Untergang zu sichern.

Cortez.

Und wär' es so, es wäre nur natürlich.
Vor einem halben Jahre hatten wir
Den Boden dieses Landes kaum betreten,

Und heute sind wir faktisch hier die Herren,
Wenn unser Handstreich uns gelingen wird.

Ich fühle selbst die große Schwierigkeit
Das Volk in seiner Lethargie zu halten,
Da täglich mehr und mehr der Glaube schwindet,
Daß wir nicht Menschen seien. Aber ist
Der Weg der richtige, den wir erwählt
Zum vorgesteckten Ziele zu gelangen?
Wir wollen dieses Kaisers uns versichern
Und der Gefang'ne soll das Volk regieren,
Wie wir es wünschen, so wie wir befehlen.

Alvarado.
Das war die Ansicht deines ganzen Stabes.

Cortez.
Ich wollt', es wäre schon bereits gescheh'n.
Was hilft's, daß wir im Rathe es erkennen
Als unumgänglich nöthig, segenbringend.
Die Hand erbebt, die es vollziehen soll,
Was jener hohe Rath beschlossen hat.
Der Mann, der seines Königs Majestät
Mit seinem Herzblut zu vertheid'gen steht,
Verfängt sich eine Krone zu mißachten?
Die gold'nen Kronen dieser Erde steh'n
Am Himmelsthrone des Allmächtigen.
Der Herr vertheilet sie mit eignen Händen
Den Auserwählten seiner Erdenkinder.
Und gegen einen dieser Auserwählten
Erhebe ich die Hand, die Krone ihm
Zu nehmen, welche ihm der Herr gegeben?

Alvarado.
Nach seiner Krone lüstet es uns nicht,
Das Spielzeug wollen wir ihm freundlichst lassen.
Die Sicherung des ganzen Unternehmens
Bedingt allein den raschen, kühnen Streich.
Noch ist es ungethan, noch können wir
Wie ausgepfiff'ne Spieler von der Bühne
Abtreten unter'm Hohnruf einer Welt.
Doch diesen Schritt gewagt, so legen wir
Die Schätze Mexikos, die neue Welt
Dem Herrscher Spaniens zu Füßen.

Cortez.
Gut!
Es war nur eine Regung des Gewissens,
Das schon beruhigt ist.

Alvarado.
Der Kaiser kommt.
Jetzt tapfrer Führer zeige deine Größe
Der Menschheit, deinem Volke gegenüber.

Cortez.
Die Thüren sind besetzt?

Alvarado.
Die besten Leute
Bewachen alle Thüren des Palastes.
(Montezuma, Tezcuco und Cacama kommen.)

Montezuma (geht auf Cortez zu)
Mein Freund hat mich gebeten, ihn zu hören
In einer wicht'gen Angelegenheit.
Die vielen Staatsgeschäfte lassen mir
Nicht Zeit, um euren Wünschen vorzukommen.
Entschuldigt mich, wenn etwas mangeln sollte
Und glaubet nicht, daß es am Willen fehlt,
Gerechten Wünschen stets gerecht zu werden.
Ihr schweiget, habt kein Wort für mich; so sprecht,
Und traget eure Wünsche vor.

Alvarado.
Die Leute
Sind störrig, murren, fluchen täglich mehr.

Montezuma.
Was ihre Klage sei, ich werde sorgen,
Daß jeder Klagegrund gehoben wird.

Cortez.
Gescheh'nes kann der Kaiser selbst nicht ändern.

Montezuma.
Vorsorge kann er treffen, daß es nicht
Sich wiederholt. Was ist jedoch gescheh'n,
Das solch' Gebahren unter euch hervorruft?

Cortez.
Da du es hören willst und hören sollst,
So merke auf und dann erkläre dich.
Als wir das Land betraten und hierher
Uns wandten, kamen Totonaken zu uns,
Verlangten unsern Schutz und schwuren Treue
Der Krone Spaniens. Sie lebten ruhig,
Bis deine Steuersammler dort erschienen,
Den Zehnten in des Kaisers Namen fordernd,
Dem sie nicht länger Treue schuldeten.
D'rum sandten sie nach Vera Crux um Hülfe
Und Escalante, unser würd'ger Hauptmann
Begab sich in das Land der Hartbedrängten.
Dein Hauptmann Quahpopoca griff ihn an,
Doch wurde er gar blutig abgeschlagen
Und seine Leute deckten rings den Plan.

Montezuma.
Und deshalb diese finsteren Gesichter?
Ist's nicht genug, daß ihn die Götter straften
Dafür, weil er nicht erst Befehl einholte,
Wie er zu handeln habe?

Cortez.
Höre weiter.
In dem Gefechte fiel der Unsern Einer
In deiner Leute Hände — schwerverwundet.
Der Hauptmann Quahpopoca ließ ihn greifen
Und ihn ermorden.

Montezuma.

Opfern seinen Göttern,
Wie es die Sitte unsrer Väter fordert.

Cortez.

Das Haupt des Spaniers ließ im Triumphe
Er blutig überall zur Schau ausstellen.
Und diese ganze Schandthat legt man dir
Zur Last!

Montezuma.

Mir? — Eurem wärmsten, wahrsten Freunde?
Und die Genugthuung für diese That,
Die mir unschuldig angedichtet wird?

Cortez.

Ich weiß es nicht.

Montezuma.

Der Hauptmann Quahpopoca
Soll euch gefänglich zugeführet werden.
Verhöret ihn und findet ihr ihn schuldig,
So richtet ihn nach euerem Gewissen.

Cortez.

Er ist bereits gefangen. Meine Leute
Sind wüthend über die Behandlung ihres
Gefährten, droben alles zu vernichten,
Was hindernd ihre Rache stören will.
Nur mit der größten Umsicht können wir
Sie in den Schranken des Gehorsams halten.
Ich zweifle nicht an deiner vollen Unschuld.
Doch was ist meine Ansicht in der Sache
Der vorgefaßten Meinung meiner Leute,
Dem wilden Drang nach Rache gegenüber?

Montezuma.

Bist du ihr Sklave, unterthan dem Willen
Der leicht bewegten Menge? Oeffne deine
Geschütze, fordre mit des Donners Stimme
Gehorsam und der Haufe wird gehorchen.

Cortez.

Sie haben die Geschütze im Besitz.
Ihr weiter Mund ist auf die Stadt gerichtet
Und Tod, Verderben wird hernieder steigen,
Wenn du nicht selbst den Sturm beschwören willst.

Montezuma.

Wie könnte ich die Wüthenden besänft'gen,
Wenn du, ihr Führer, sie nicht zügeln kannst?

Cortez.

Nur deine Nähe kann den Sturm beschwören,
Der drohend über deiner Hauptstadt steht,
Und alles Leben unter sich begraben
Und alle Pracht zu Boden werfen wird.
Nimm deinen Aufenthalt in dem Palaste,
Der meinen Leuten eingeräumet ist.

Montezuma (stolz)

Ich soll mich, ein Gefang'ner überliefern
Als Sühne für die Thaten eines Andern?

Viel eher sengt und brennt und wüthet hier
Nach Herzenslust — O theurer Guatemozin,
Vergieb mir mein Vertrauen, meine Blindheit.
O könnte ich zurück dich rufen lassen,
Mit starker Hand die Ketten zu zerreißen,
Die sich um mich stets enger, fester ringeln.

Cacama.

Noch bist du Kaiser! Noch erblickt das Volk
In dir den Herrscher. Brich die Ketten selbst,
Die diese bärt'gen Männer um dich schlangen.
Mit unsern Leibern decken wir den Kaiser
Und wehe dem, der sein geheiligt Haupt
Berühret. Rufe auf dein Volk zum Kampfe
Mit diesen fremden, bösen Elemente.

Montezuma.

Giebt es kein andres Mittel als den Kampf
Und als Gefangenschaft?

Cortez.

Ich glaube nicht,
Daß Jemand es Gefangenschaft benennt,
Wenn du freiwillig deine Wohnung änderst.
Nichts weiteres wird meinen Leuten jetzt
Genügen, sie von deinem guten Willen
Und deiner Unschuld überzeugen, als
Wenn du in ihrer Mitte dich befindest.
Sie werden dann beruhigt sein und dich
Als einen weisen Herrscher respektiren.

Montezuma.

Wann hörte man, daß sich ein Herrscher jemals
Selbst dem Gefängniß überlieferte?
Und wollte ich es thun, mich so erniedern,
Mein Volk erhöbe sich, befreite mich;
Ihr aber stürztet unter diesem Anprall.

Cortez.

Freiwillig sollst du deinen Wohnsitz ändern.

Alvarado (zu Cortez)

Weshalb die vielen Worte? Will er nicht,
So brauchen wir Gewalt.

Marina (fällt vor Montezuma nieder.)

O großer Kaiser,
Als eine deiner Unterthanen flehe
Ich täglich zu dem großen Gott der Christen
Um seinen Segen für dein heilig Haupt.
Als die Vertraute dieser Männer kenne
Ich ihre Pläne und auch ihr Gemüth.
Wenn du dich ihren Wünschen fügen solltest,
So werden sie in dir den Kaiser ehren;
Doch solltest du dich weiter widersetzen
Und ihren Zorn zur Raserei entflammen,
So zittre ich für dein geliebtes Leben.

Cacama (reißt Marina vom Boden auf.)

Der Kaiser wird dem Wunsche nicht willfahren.

Erhebe dich, du Metze des Elenden,
Der so die Gastfreundschaft belohnen will.

Cortez (zieht den Degen.)
Der Schimpf verlangt dein Blut, du Rasender.

Montezuma (tritt zwischen sie.)
Kein Blut soll fließen. Ich begebe mich
Freiwillig in das Lager deiner Leute
Und will versuchen, sie zu überführen
Von ihrem Unrecht und von meiner Unschuld.

Cacama.
Mein Platz ist nicht an meines Kaisers Seite,
Guatemozin ruft, ich folge ihm.

Alvarado (tritt dem Abgehenden in den Weg)
Nicht einen Schritt von hier.

Cacama (schiebt ihn beiseite)
Hinweg, du Räuber!
(Geht ab.)

Cortez.
So laßt uns eilen, jener Wuth zu dämpfen,
Die laut in Zornausdrücken Rache fordern.
(Alle ab.)

2. Scene.
(Mexikanisches Lager. Guatemozin, Guerrero, Häuptling; später Cacama.)

Guatemozin (kommt mit Guerrero)
Von allen Tapfern, die das Lager fasset,
Bist du der einz'ge, der mir rathen kann.
Was ist es, das den Blitz und Donner macht
In Händen jener Fremden? Diese Frage
Gelöst und ihre Furchtbarkeit verschwindet.
Der Kaiser wollte sie als Menschen nicht
Erkennen; doch du selber bist ein Theil
Des Volks gewesen, dem sie angehören.
Und folglich mußt du das Geheimniß kennen,
Auf dessen Kenntniß ihre Macht beruht.

Guerrero.
Sie nennen Pulver jenen feinen Staub,
Der leicht entzündet schwere Massen schleudert.

Guatemozin.
Ein Pulver? Kennst du die Substanzen, welche
Dasselbe bilden oder würdest du
Es gleich erkennen, solltest du es seh'n?

Guerrero.
Wer einmal Pulverdampf gerochen hat,
Der wird niemals sich irreleiten lassen,
Woher jedoch das Pulver sie beziehen,
Woraus gemacht es ist, ich weiß es nicht
Und habe niemals mich darum bekümmert.

Guatemozin.
Ein Kaiserreich steht auf dem Spiele. Eile
Das Teufelspulver baldigst aufzufinden.
Und solltest du des Popocatepetl
Gewalt'ge Schneegefilde erst erklimmen

Und dich in seinen Krater stürzen müssen,
Du mußt das Pulver uns zur Stelle schaffen.

Guerrero.
Wie soll ich finden, was ich selbst nicht kenne?

Guatemozin.
Und solltest du es nicht ausfindig machen,
So nehm' ich an, daß du zu unsern Feinden
Dich hältst. — Jetzt weiter keine Widerrede;
Dein Heil liegt jetzt im Finden, deshalb suche.
(Guerrero ab.)
Die letzte Neuigkeit, die wir empfingen
Befriedigt jedes Mexicaners Herz.
Fürst Cacamatzin wirbt in aller Stille
Ein Heer, um einen Handstreich auszuführen,
Sobald Umstände es erlauben werden.

Häuptling.
Weshalb im Dunkeln wie die Wölfe schleichen?

Guatemozin.
Was sich dem Tageslicht entziehen muß,
Ist manchmal nicht so dunkel wie es scheint.
Und wie der Tag noch jeder Nacht gefolget,
So wird auch unser Tag der Rache kommen.
Wer kommt denn dort in wilder Hast gelaufen?
Cacama ist's. — Was bringet ihn hierher?

Cacama (eilt auf ihn zu und flüstert ihm etwas zu.)

Guatemozin (aufbrausend)
Was sagst du? Montezuma sei gefangen,
Gefangen von den frechen Eindringlingen?
Und diese Nachricht soll ich jenen dort
Verbergen? — O kurzsicht'ger Bote, weißt
Du nicht, daß wenn die Menschen es verdeckten,
Die wilden Thiere es ausschreien würden?
Der Kaiser ist gefangen und wir steh'n
Hier festgewurzelt an dem Fleck und warten?
Auf Mexicaner folgt mir zum Kampfe!
Es gilt die Freiheit eures Herrn zu wahren,
Der durch die Niedertracht verrathen ist.
(Alle ab.)

3. Scene.
(Zimmer im Palaste. Cortez und Marina; später Olmedo.)

Cortez.
Wie ließest du den Kaiser?

Marina.
Tiefgebeugt
Von seinem Mißgeschicke sitzet er
Und starrt mit dunkeln Blicken vor sich hin.
Was hast du vor mit der gefall'nen Größe,
Die jetzt von allem hier verlassen ist,
Was einstmals seinen ganzen Stolz ausmachte?
Der Attribute seiner Macht entkleidet,
Gefangen in dem Haus der fremden Gäste,
Vermag er nicht des Daseins sich zu freu'n
Und sinket in ein allzu frühes Grab.

Cortez.
Er soll der Kaiser dieses Reiches bleiben.
Dieselbe Dienerschaft wird um ihn sein;
Denn seine Räthe, Tänzer, seine Narren
Sind stets willkommen, ihm die Zeit zu kürzen.
Der Krone Glanz soll unverdunkelt glänzen,
Soweit des Kaisers Scepter jemals reichte.

Marina.
Du willst ihn demnach gänzlich hier behalten?

Cortez.
Das ist die Absicht!

Marina.
Nimmermehr, Geliebter.
Wenn seine Unschuld klar bewiesen wird,
Erlaubst du ihm —

Cortez.
Du glaubst vielleicht, Marina,
Daß ich nicht unsre Stellung recht auffasse?
Wir mußten ihn in unsre Hände bringen,
Damit der Schrecken dieses Volk befange
Und Furcht vor unsrer Macht es zittern mache.
So nur allein vermögen wir zu siegen
Und diese Heiden in den Schooß der Kirche
Zu führen.

Marina.
Hast du auch bedacht, daß ihr
Das Volk zum Aeußersten aufreizen werdet,
Und es in ungestümer Wuth alsdann
Den Kaiser selbst mißachtet, euch vernichtet?

Cortez.
Der Schrecken wird vor meinen Fahnen geh'n;
Denn vor dem tollen Haufen weich' ich nicht.
Wenn sie den Kaiser nur regieren sehen,
Wenn die Maschine nicht zum Stehen kommt,
So werden seine Großen weislich schweigen.
Und was der kleine Troß auch schreien mag,
Das kümmert mich nicht.

Marina.
Großes Unglück lieget
Auf diesem, deinem eingeschlag'nen Wege.
Ich kann nicht glauben, daß die Mexicaner
Gleichgültig ihren Kaiser fallen lassen.
Sie werden ihre Arsenale öffnen
Und tausend Leben gegen eines setzen.

Cortez.
Entwaffnet ist das Volk nicht fähig, uns
Zu opponiren; deshalb nehme ich
Das Spielzeug ihm, sobald ich es vermag. (Ab.)

Marina.
Es hat sich eine trübe Wolke über
Das schöne Thal von Mexico gehängt;
Kein Sonnenstrahl fällt auf die Erde nieder
Und sendet Hoffnung in des Armen Herz.

Ich sehe alles dunkel um mich her,
Denn meine Sonne ist in Nacht versunken.
Der Herrscher dieses Landes ist gefangen,
Gefangen durch den Mann, den ich verehrte
Als tiefbegeistert für das Recht, die Wahrheit.
Verrath, der Mord starrt mir in's Angesicht,
Wohin ich suchend meine Augen wende.

Olmedo (ist hereingekommen)
Der Herr wird alles wohl und weislich lenken,
Vertraue ihm in dieser Zeit der Noth
Und zage nicht, wenn du nicht gleich erblickst
Das weise Ende aller Erdenneth.

Marina.
Ehrwürd'ger Vater, könnt Ihr diese That
Gutheißen?

Olmedo.
Quahpepoca hat gestanden,
Daß er des Kaisers Auftrag nur vollzogen,
Daß der Befehl vom Kaiser ihm geworden,
Den Rückzug uns vom Meere abzuschneiden.

Marina.
Und glaubt ihr diesem Manne? Legte er
Ein ungezwungenes Bekenntniß ab?
Da seinen Kaiser er so rasch verrieth,
So zweifle ich.

Olmedo.
Die Folter erst vermochte
Ihm das Geständniß abzulocken.

Marina.
Furchtbar
Sind eure Mittel, dieses Volk zu knechten.
Doch in dem Blute der Gemordeten
Wird ewig hier der Zwietracht Blume keimen.
Es wird das neue Volk von Mexico
Ein Volk von Räubern, Mördern, Dieben sein,
Da seine Väter solchen Samen säen.
Ein andres Volk wird es einstmals vernichten,
Wie ihr die Ureinwohner jetzt vernichtet;
Dann kommt die Rache — eures Gottes Rache. (ab.)

Olmedo.
Ich hebe meine Hand zu dir, du Höchster
Und fluche dem, der diese That zuerst
In seinem Kopfe hat ersehen lassen.
Er hat nicht Demuth, hat nicht Nächstenliebe
Im Herzen dieser Heiden großgezogen,
Er rief dem Dämon Rache und dem Morde,
Ihr höllisches Gewerbe zu beginnen. (ab.)

4. Scene.
(Ein anderes Zimmer. Montezuma sitzt an einem Fenster und blickt hinaus. Fürst Tezcuco, Hofnarr, Sänger und Tänzer.)

Tezcuco.
Mein Herr und mein Gebieter. — Immer noch
Dies räthselhafte Schweigen. — Mache keinem

Gerechten Grimme endlich einmal Luft;
Heraus mit einem kräft'gen Mannesfluche,
Der dir die Last von deinem Herzen nimmt.
An diesem Fenster hast du nun gestanden,
Seit du dies fluchbelad'ne Haus betratest,
Und blickst hinaus, wo dich nichts fesseln kann.

Noch immer keine Antwort — Auf ihr Sänger,
Es rufe eurer Töne Allgewalt
Den Kaiser uns zurück zu neuem Leben.

(Auf einen Wink gruppiren sich die Sänger um ihn und singen):

Es stand ein Kaiser Mexico's
Einst auf des Ufers Sande;
Die Höflinge im weiten Kreis
Umringten ihn am Strande.

Da rief der große Kaiser laut:
„Von eines Höflings Munde
Erfuhr ich, daß ich alles könn'
In meines Reiches Runde."

„Und so gebiete ich dem Meer
Nicht meinen Fuß zu nässen;
Denn ich steh' hier, der Kaiser selbst
Zu richten nach Ermessen."

„Horcht! weicht das Meer vor mir zurück,
So will ich Unrecht haben,
Und jener Höfling wähle sich
Des Dankes reichste Gaben."

„Doch weicht es fluthend mir nicht aus,
Benetzt es mir die Sohlen,
So stürzt der Höfling in das Meer.
Es sei hiermit befohlen."

Da thürmet sich das Meer und braust,
Es heben sich die Wogen —
Es wächst und schwillet zischend auf
In immer höh'rem Bogen.

Der Kaiser eilt vom Strande weg;
Er hatte es gesehen,
Daß nicht das Meer gehorchet ihm —
Es blieb am Felsen stehen.

Tezcoco.
Mit diesem Liede weckt ihr keine Freude
In seiner Brust. Herbei ihr Tänzerinnen.
Mit leichten Sprüngen und mit flücht'gem Fuß
Entlock ihn seinen trüben Phantasieen.
(Tänzerinnen führen ein Ballet auf.)

Hofnarr (klopft Montezuma auf die Schulter)
Wir haben manchen tollen Streich, Herr Bruder
In unserm langen Leben schon verübt;
Sie alle sind dahin wie Seifenblasen.
Auch diese Seifenblase wird zerplatzen —
Nun lache nur. — Er lächelt nicht einmal.

Marina (stürzt herein)
Mein Kaiser, o mein Kaiser, er gestand.

Montezuma (blickt sie erschrocken an)
Von wem bist du hierher gesendet worden,
Den tiefbetrübten Kaiser auszuhorchen?

Marina.
Olmedo sagte mir's, der greise Priester,
Von dessen Lippe nie die Lüge fiel.
O glaube mir. Sie haben dich verrathen.
Du hast dem Häuptling den Befehl gegeben,
Denn er hat es gestanden.

Montezuma.
Wär' es so,
Wer wollte mir, dem Kaiser, es verbieten?
Doch tröste dich.

Marina.
Ich kenne diese Männer.
In einer Hand das Kreuz, die andere
Am Schwert, so zieh'n sie betend durch die Welt.
Wer ihrem Glaubenseifer Schranken setzt,
Den schlachten sie im Namen Gottes ab.

Montezuma.
Jetzt weiß ich, was ich von dem Christenglauben
Und den Verfechtern wahrer Nächstenliebe
Zu halten habe.

Marina.
Weiter nicht, mein Kaiser.
Ich glaube gern, daß man absichtlich dir
Die Falle stellte; doch es giebt ein Mittel,
Den klugen Pfeifer noch zu überlisten.
Wenn du zum Christenthume übertrittst,
So wird sich jeder gern zufrieden geben.

Montezuma.
Nicht um den Preis der ganzen Erde würde
Ich meinen Göttern jemals untreu werden.
Der Christengott ist nicht der wahre Gott —
Sonst würden seine Diener anders handeln.
(Olmedo kommt.)

Marina.
O gottgeweihter Priester, weckt Ihr
In ihm den Strahl der göttlichen Erkenntniß.
Sein Herz erzittert unter Schicksalsschlägen
Und seine Hoffnung ist dahin für immer.
O richtet Ihr ihn auf; erhaltet ihn,
Erhaltet ihn dem Lande, rettet uns.

Olmedo.
O großer Kaiser, Herr von Mexico,
Vor eines Höh'ren Throne wirst du einst
Zur Rechenschaft für jede That gezogen,
Die du auf Erden hier vollführen ließest.
Ist deine Hand unschuld'gen Blutes rein,
War deine Absicht lebenswerth und edel,
So zittre nicht: es wacht der Gott der Liebe,
Der keines seiner Kinder je vergißt.

Montezuma.
Hinweg! Aus meinen Augen, Liebeheuchler.
Ich kam mit Liebe euch entgegen; ihr
Ergriffet meine Hand, Verrath im Herzen
Und stießet mich in der Verzweiflung Nacht.

Olmedo.
Du ladest eine schwere Schuld auf dich,
Wenn du mit deinem Gotte rechten willst.
Es sind die Wege Gottes wunderbar,
Und seine Güte lenket alles weislich.
(Cortez kommt mit Alvarado und Bewaffneten.)

Cortez.
Ich glaube nicht, daß du es länger läugnest.
Die Eisen her. Den Ehrvergeß'nen strafen
Ist meine nächste Pflicht.

Olmedo.
O halte ein;
Denn deines Königs Zorn wird dich vernichten,
Wenn diesem du das Schandmal aufgedrückt.
Auch über seinem Haupte schwebt die Krone.

Cortez.
Mein Wille muß Gesetz sein unter euch.
Ich will, daß er gefesselt werde, während
Der feige Mörder seine Strafe leidet.
(Montezuma reicht seine Hände hin ohne aufzublicken und
wird gefesselt.)
Im Arsenale lagen Haufen Waffen;
Ich ließ zum Scheiterhaufen sie gestalten.
Und meine Kanoniere halten ab
Das Volk von einem möglichen Versuche,
Dem Mörder seinem Schicksal zu entreißen.
Der Flammentod ist die gerechte Strafe
Für sein Verbrechen. Diese Ketten haften
Mir für die Sicherheit des Helfershelfer. (rasch ab)

Marina (fällt vor Montezuma nieder und küßt seine Hände)
O Ketten, Eisen an der mächt'gen Hand,
Die stets der Schrecken aller Feinde war.
O Montezuma, hätte ich gewußt,
Daß diese Schandthat darauf folgen solle,
Ich hätte nie gerathen nachzugeben.
Geliebter Kaiser, fluchest du auch mir?
Der Liebe heil'ge Fesseln binden mich
An diesen Abenteurer. Glaube mir,
Daß ich nicht Theil an diesem Gräuel habe.
Wie gerne trüge ich die Ketten selbst,
Wenn du nur diesem Schimpf entgehen könntest.
(Sie sinkt weinend auf seine Hände.)

Tezuco (zieht in den Vordergrund)
Das ist die Rache, die ich mir gewünscht.
Den Kaiser so erniedrigt einst zu sehen,
Darauf ging all mein Dichten, Trachten aus.
Ich wußt' es wohl, daß jener Häuptling den
Befehl vollführen und nicht schweigen würde.

Jetzt, großer Montezuma, lache unsrer,
Auf deren Nacken du den Thron aufbautest.
Du bist nicht länger dieses Reiches Kaiser,
Ehrlos und in den Staub gezerret bist
Du nur bedauernswerth, nicht furchtbar mehr.

Hofnarr (zu Montezuma herzlich)
Die Freunde und die Freude sind entfloh'n,
Der Narre und die Narrheit sind geblieben;
Mein Herr und Kaiser. Jetzt bist du der große,
Gewalt'ge Kaiser Montezuma wieder,
Indem du dieses Unrecht ruhig trägst.
Ein kleiner Mensch vergißt in Klagen sich,
Doch du trägst stolz dein Unglück ohne Murren.

Marina (ergreift die Ketten)
Mit meiner schwachen Kraft will ich versuchen,
Die Banden meines Kaisers aufzusprengen,
Und sollte ich dabei zu Grunde geh'n,
Weil ich mich seinem Willen widersetze.
O großer Gott, du starker Arm der Schwachen,
O gieb mir Kraft, den Kaiser zu befrei'n.
(Sie zerrt an den Ketten.)
Der Kette Ringe widerstehen mir —
Gibt es kein and'res Mittel sie zu sprengen?
(Reißt dem Alvarado das Schwert aus der Scheide)
Was Menschen widersteht, durchhaut das Schwert!
(Sie eilt auf Montezuma zu, während Cortez kommt)

Cortez.
Halt ein! Halt ein! Wozu treibt dich der Eifer?
Bedenke, daß das Schwert in deiner Hand
Sich gegen deines Kaisers Leben senkt.
(Entwindet ihr das Schwert.)
Hinweg, du Rasende. Das Mordwerkzeug
Ist schlecht verwahrt in der Frauen Hand,
Kein Spielzeug ist's für euch, ihr Leichtbewegten.
Nehmt ihm die Fesseln ab! (Betrachtet M. eine Zeitlang)
Hinfort wird es
Sich anders zwischen uns gestalten müssen.
Der eine Missethäter büßte seine
Treulose That bereits mit seinem Leben;
Den andern halten wir zur Sicherheit
Hier in Gewahrsam.

Marina (fällt vor ihm nieder)
Mein Herr und mein Gebieter,
Auf meinen Knieen flehe ich um Gnade,
Um Gnade für den Mann, der nichts verbrochen.

Cortez.
Erhebe dich. Es ziemet sich nicht, daß
Du kniest, als vor deines Gottes Priester
Und seiner Majestät dem Kön'ge Spaniens.
Wen ich als Freund umfaß', der ist dein Freund,
Wen ich als Feind erkenne, ist dein Feind
Und gegen meinen Rathschluß murre nicht.
(Vorhang fällt.)

Fünfter Akt.

1. Scene.

(Mexikanisches Lager in der Stadt. Guatemozin, Cacama, Häuptlinge und Krieger.)

Cacama.

Des Feindes Uebermuth füllt unsre Reihen.
Noch nicht genug, daß er den Kaiser listig
Gefangen nahm, er legte ihn in Eisen.
Das ganze Volk empfand den herben Schlag,
Und wie von einem Sturmwind hergetrieben
Eilt Jung und Alt in Waffen zu uns her.

Noch nicht genug an allen diesen Gräueln,
Ermordete der Lieutnant Alvarado
Sechshundert unsrer edelsten Gefährten,
Die still ein heil'ges Fest begehen wollten.
Ein neuer Gräuel war's, und frische Schaam
Trieb Tausende von Männern zu uns her.
Es gibt kein einz'ges Haus in Mexiko,
Wo nicht den frechen Mördern laut ein Fluch
Entgegenschallt und täglich die Penaten
Beschworen werden, diese zu vernichten.

Guatemozin.

Die Strafe für die große Blutschuld war
Den Männern näher, als wir hoffen konnten.
Was Cortez aus der Stadt gezogen hat,
War uns ein Räthsel. Unsre Läufer bringen
Die Nachricht einer stattgehabten Schlacht.
Es scheint, als ob er ausgezogen war,
Um dieses Reich von Grund aus zu vernichten,
Ganz gegen seines Herrn und Königs Willen.
Der König sandte Truppenmassen her,
Den kühnen Abenteurer abzufassen.
Doch dieser überfiel sie bei der Nacht
In Zempoalla und es kämpften dort
Die Weißen gegen Weiße. Cortez siegte;
Denn heute noch zieht er hier wieder ein,
Um neue Gräuel, neues Leid zu schaffen.

Cacama.

Die nächste Nacht wird endlich es entscheiden,
Ob diese Massen Krieger muthvoll sich
Für ihre Heimath in die Bresche werfen,
Ob dieser Eindringling noch länger darf
Die Geißel über unsern Häuptern schwingen.
Die nächste Nacht ist festgesetzt zum Sturme —
Und wehe dem, der feig zurücke steht.

Guatemozin.

Der schwache Kaiser hielt stets unsre Hand
Zurück, sonst wären alle längst gefallen,
Die Cortez hier zurückgelassen hat.
Wir schlossen unsre Märkte, daß sie nicht
Mit Lebensmitteln sich versorgen konnten.

Der Kaiser sandte den Befehl, sofort
Die Wochenmärkte wieder zu eröffnen.
So lange dieser schwache Kaiser lebt,
Und meine Leute seiner Stimme folgen,
Wird auch der Abenteurer nicht vertrieben.

Cacama.

Doch du vergißt, daß wir die große Röhre
Durchschnitten haben, welche jenen Theil
Der Stadt mit frischem Wasser reichlich speiste,
Wo das Quartier der Abenteurer liegt.

Guatemozin.

Und wenn der Kaiser nun befehlen sollte,
Die Röhre wieder herzustellen?

Cacama.

Möglich
Ist immerhin, daß sie von selbst einstürzt
An andern Punkten.

Guatemozin.

Hätten nie die Fremden
Den Fuß auf diesen Boden je gesetzt!

Cacama.

Die Götter werden alles weislich lenken,
Und in der Zeit der Noth uns Hülfe senden.

Guatemozin.

Ich hoffe mehr auf uns, als auf die Götter.
Ein rechter Mann vertraut der eignen Kraft,
Er sucht nicht Hülfe bei den Himmlischen.
Die Stadt ist überall von uns besetzt,
Und auf den Dächern liegen mächt'ge Quadern,
Um auf der Feinde dichte Reihen nieder
Zu fallen, wenn die rechte Zeit gekommen.

Cacama.

Weshalb erlaubst du die Vereinigung
Des Cortez mit der hiesigen Besatzung?

Guatemozin.

Es stehet uns stets die Person des Kaisers
Im Wege, wenn wir einen Theil angreifen.
Und unsre Hunderttausende vermögen
Den Haufen dieses Cortez zu ersticken.

(Ein Bote kommt.)

Bote.

Mit großer Heeresmacht betrat der Feind
Den Damm und eilig rückt er in die Stadt.

Guatemozin.

So laßt uns eilen, alles zu bereiten
Für unsern Angriff. Eile du hinauf
Zum Tempel, und gebiete dort den Priestern
Gebete, Opfer darzubringen, während
Wir furchtlos hier den Feind zu fassen suchen.

3

O große Götter schützet uns mit Macht
In diesem Kampfe um der Väter Erbtheil;
Denn unterliegen wir in diesem Kampfe,
So unterliegt die ganze rothe Race.
(Alle ab.)

2. Scene.
(Zimmer des Montezuma. Montezuma und Tezcuco.)

Montezuma.
Der Cortez, sagst du, sei zurückgekehrt?
Ich sah noch keinen seiner Leute hier,
Die mit ihm ausgezogen in die Weite.

Tezcuco.
Sie haben an der Straße sich gelagert,
Um den Palast als Schutzwehr zu benutzen
Vor einem Angriff deines Schwiegersohns.
Wir liegen mitten zwischen beiden Heeren;
Und beide Theile werden Ruhe halten,
Wenn diese Stellung unverändert bleibt.

Montezuma.
Es will mir nicht gefallen, daß mein Eidam
Mir Ungelegenheiten macht —

Tezcuco.
Weßhalb
Gebietest du nicht, daß die Heeresmassen
Sofort von ihm entlassen werden sollen?

Montezuma.
Nicht also! Nur als Zeichen unsrer Schwäche
Erschiene die Befolgung des Befehls.
Es freuet mich, daß diese Heeresmassen
Bereit sind, meinem Rufe zu gehorchen;
Doch wünsche ich nicht, daß sie hier unnöthig
Tumult und Raufereien treiben werden.
Wo Tausende vereint zu leben haben,
Ist allen Lastern Thor und Thüre offen.

Tezcuco.
So wünschest Du —

Montezuma.
Daß endlich du begreifest,
Daß wir der Sache ihren eig'nen Lauf
Zu lassen haben. (rasch ab.)

Tezcuco.
Demnach hoffest du,
Von dem verstoßnen und verfolgten Eidam
Auf deinen Thron zurückgeführt zu werden?
Die Hoffnung trüget dich, gefang'ner Mann.
Wenn wirklich jene Heeresmassen auch
Den Sieg errängen, niemals würdest du
Der Kaiser dieses Reiches wieder werden.
Geschenket bist du und die Kriegsgefang'nen
Sind todt, verfallen unsern Landesgöttern.
(ab.)

3. Scene.
(Cortez und Alvarado kommen.)

Alvarado.
Es hatte mir Xicotencatl warnend
Die Nachricht überbracht, daß man beim Feste
Des Gotts der Lust den Kaiser woll' befrei'n.
Ich sah mich vor. Der Deputation,
Die mich von diesem Fest in Kenntniß setzte
Und mich einlud, demselben beizuwohnen,
Bedeutete ich, daß sie unbewaffnet
Das Fest begehen könnten. Meine Leute,
Wie sie verlangten, sollten sie beschützen .
Im Fall von Friedensstörung und Tumult.

Cortez (ungeduldig)
Ich hörte von Gewaltthat deinerseits.
Nur rasch, auf diesen Akt bin ich gespannt.
Umstände, sollt' ich meinen, ändern nichts.

Alvarado.
Zu besserm Schutz postirte ich denn auch
Am Thore eine starke Wachtmannschaft.
Die Leute mischten sich bald in die Tänze.
Und als das Fest den Höhepunkt erreicht,
Vernahm man eine Stimme, welche rieth,
Die Fremden zu vertreiben und den Kaiser
Aus seiner Haft und Schande zu befrei'n.
Und meine Leute, voll von regem Eifer
Und vor Verlangen brennend, dies zu rächen
An einem Überwitz'gen, fingen Händel
Mit allen an. Von Worten kam's zur That;
Im nächsten Augenblicke war der Tempel
Mit Leichen rings bedeckt — Sechshundert fielen,
Den besten Häusern Mexikos entsprossen.

Cortez.
Und diese Schandthat ließest du gescheh'n?
Wehrlose Leute habet ihr ermordet!
Glaubst du, daß ich die Schandthat loben würde?

Alvarado.
Es bot sich die Gelegenheit, die Stützen
Des Reiches zu vernichten. Heimlich hatten
Sie ihre Waffen sorglich mitgebracht,
Und da sie eine Falle uns gelegt,
So fielen unverhofft sie selbst hinein.
Ich dachte an Cholula —

Cortez.
Schweige Mörder!
Es war die Nothwehr, welche mir gebot,
Die schöne Stadt Cholula einzuäschern.
Doch du ermordetest wehrlose Tänzer
Und noch dazu des Landes beste Söhne.
Du magst dich brehen, magst vertheid'gen dich
Soviel du willst, dein eigenes Gewissen
Wird dich als feigen Mörder doch bezeichnen.

Alvarado (drohend)
Nicht diese Sprache!

Cortez.
Weißt du auch, Kurzsicht'ger,
Daß du den Mord der armen Eingebor'nen
Auf ew'ge Zeiten hin beerdert hast,
Sobald der Weiße sich der stärkre fühlt?
Das war die Absicht nicht, beim großen Gott,
Daß wir die Heiden zu vertilgen kämen,
Wir sollten sie belehren und erzieh'n.
Jetzt hast du eine Scheidewand gezogen:
Sie werden ewig Feinde in uns seh'n,
Und uns mit allen Mitteln dort bekämpfen,
Wo wir des Glaubens Samen säen wollten.

Alvarado.
Laß spätre Zeiten für sich selber sorgen.
Die Nachricht dieses Vorfalls schwellte rasch
Das Heer Guatemozins furchtbar an:
Von allen Seiten eilten Tausende
Der fernsten Mexikaner hin zu ihm.
Er stieg der Windsbraut ähnlich von den Bergen
Hernieder, stets an Kraft und Wucht gewinnend.
Er schloß uns ein und ließ zum Sturme schreiten
Und alles war verloren, wenn er stürmte,
Da meine Mannschaft alle Punkte nicht
Zugleich bewachen, sie besetzen konnte.
Da stieg der Kaiser selbst auf eine Schanze
Und laut, vernehmlich sprach er zu der Menge.
Zum Schluß befahl er, abzusteh'n vom Sturme,
Da seine eigne Sicherheit es forb're.

Cortez.
Sie standen ab von ihrem Unternehmen?
Hat sein Befehl noch solche Macht im Lande,
So haben wir gewonnen; denn er muß
Gehorchen, wie wir ihm befehlen werden.

Alvarado.
Cacama wollte dem Befehle trotzen
Und nannte laut den Kaiser einen Feigling,
Guatemozin aber gab Befehl,
Den Willen Montezumas auszuführen.
Es schließt uns die Armee jetzt regelrecht
Von allen Seiten ein.

Cortez.
Ich sehe es.
Kein Tropfen Wasser rinnt aus der Fontaine,
Die auf dem Hofe steht, und meine Leute
Und unsre Pferde wollen Wasser haben.

Alvarado.
Die Röhrenleitung haben sie durchschnitten,
Die Wasser hierher aus den Bergen führet.

Cortez.
Und alles dieses deiner Hitze wegen.

Alvarado.
Auch die Kapelle auf dem großen Tempel,
Die du der heil'gen Jungfrau einst geweiht,
Ist längst ein Raub der Flammen schon geworden.

Cortez.
Als ich von Montezuma einen der
Zwei Thürme auf des Tempels großem Viereck
Verlangte, um ihn unserm Gott zu weihn,
Wies er es ab. „Nimm mir das Leben," rief er,
„Verlange nicht, daß ich der Götter spotte,
Die dort für ew'ge Zeiten Opfer fordern.
Und wollte ich zu solchem Unfug auch
Die Hand dir reichen: Alles kann ein Volk
Ertragen, nur nicht einen Eingriff in
Den hergebrachten Glauben seiner Väter."
Doch endlich fügte er sich dem Befehle.
Und rechts im Thurme schmorten Menschenherzen
Zum Ruhme ihres wilden Kriegesgottes;
Doch links erklang der heil'ge Meßgesang
Und Weihrauchwolken wirbelten empor
Zur Ehre Gottes und der heil'gen Jungfrau.
Des grimmen Gottes Thurm steht droben noch,
Und unsrer fiel von roher Hand zerstört.
Nicht länger darf es hier so trostlos bleiben,
Des Bösen Herrschaft muß vernichtet werden,
Der Tempel Gottes soll sich glänzend heben
Und wär' es für den Preis von tausend Leben.

Alvarado (ist an ein Fenster getreten)
Ich sehe eine Aenderung ihrer Stellung;
Sie haben einen festen Thurm besetzt,
Der uns um Stockwerkshöhe überragt.
Und dort erscheinet schon gestreckten Laufs
Die Sturmkolonne vor den Pallisaden,
Geführet von Guatemozin selbst.
(Geschrei und Lärm von draußen.)

Cortez.
So laß uns eilen, ihnen zu begegnen.
Die Nothwehr treibt uns jetzt zu Heldenthaten;
Zur größern Ehre Gottes eilen wir
Hinaus, um diesen Anschlag zu vereiteln.
(Beide ab.)

4. Scene.

(Marina kommt und geht unruhig auf und ab, Hofnarr sitzt
trübsinnig am Fenster.)

Marina.
So tief ist unser Kaiser schon gefallen,
Daß mir kein andrer von ihm Nachricht giebt,
Als nur sein Narr — der einz'ge seiner Freunde,
Der treu zu ihm und seinem Loose steht.
Und diese Nachricht! — Wie ein Kind behandelt
Man diesen einst gefürchteten Monarchen.
Wenn sie in selbstbereiteten Gefahren
Sich sehen, betteln sie um seine Hülfe,

Die niemals er den Frechen abgeschlagen.
Zu andern Zeiten mißverstehen sie
Sein weiches Herz, das Schonung nur erfleht,
Und zerren, reißen rastlos an dem Purpur,
Der fetzenweise schon herunterfiel.

Und ich, die Tochter dieses, seines Volkes,
Ein Christin und gehöre jenem Manne,
Der all dieses Weh verschuldet hat?
O gür'ge Mutter Gottes oder ihr,
Die blutgetränkten Götzen meiner Väter,
Erbarmt euch meines Kaisers.

Hofnarr.
            Laßt ihn sterben!
Der Tod ist noch das einzig Wünschenswerthe
Für diesen letzten Kaiser Mexiks.
(Montezuma kommt: Marina eilt auf ihn zu.)

Marina.
Mein Kaiser. Deine Tochter ist gekommen,
Um dir den Gruß des großen Volks zu bringen,
Deß weiser Herrscher Montezuma ist.

Montezuma (küßt sie auf die Stirn)
Willkommen, meine Tochter. Mir willkommen
Ist stets dein freudestrahlend Angesicht.
Erzähle mir von meinem, deinem Volk.

Marina.
Allüberall, wohin wir immer kamen,
Begegnete man mir mit offnen Armen;
Die erste Frage war nach ihrem Kaiser.
Doch überall verlor sich bald die Freude,
Sobald ein spanisches Gesicht man sah.

Montezuma.
Die Leute sollten ihren Haß bezwingen.
Sie mißverstehen gänzlich meine Lage;
Gefangen glauben sie mich, ich bin frei —
Ich fühle mich befriedigt in der Lage,
In welcher ich freiwillig mich befinde.
Ein Wort von mir und Cortez fügte sich,
Ihn baten uns die Götter längst verheißen,
Und reich mit hoher Weisheit ausgestattet.
(Tumult und Waffengetö'e von draußen.)

Marina (ängstlich)
Was soll der Lärm bedeuten, dieß Getöse?

Montezuma.
Ich glaubte, daß wir müde haben würden.
Seit dreien Tagen hält Guatemozin
Die Leute fern von bösen Reiberei'n,
Doch der Vulkan scheint wiederum zu losen.
Erdbeben folgen, Feuergarben fliegen
Und heiße Lava kocht auf allen Seiten,
Wenn nicht ein starker Arm dem Ausbruch wehrt.
(Guatemozin kommt in voller Rüstung.)

Cortez.
Wir wollen diesen Aufruhr bald bezwingen.

Die Tiger fürchten ihres Meisters Hand
Nicht mehr. In ihrem Käfig mit den Bestien.

Marina.
Ein sanftes Wort von dir stillt den Tumult.

Cortez.
Ihr Frauen glaubt mit eurer sanften Hand
Die raubsten Wege ebenen zu können;
Mit eurer Zunge wollt ihr Zwiste schlichten,
Die nur des Mannes Blut vermag zu lösen.
Hinaus zum Kampfe in der Jungfrau Namen
Und unter unsres Gottes mächt'gem Schutze!
Der Kampf entscheidet über eine Welt,
Der jetzt mit fester Hand an dieses Hauses
Gewalt'ge Thore seine Ladung nagelt.
(Ab mit X. parade.)

Montezuma.
Mein armes, arg verblendetes Geschlecht.
Ihr seht und wollt nicht sehen, daß der Mann
Euch ein Geschenk der Götter ist gesendet.
Weshalb noch länger um die Herrschaft kämpfen?
Weshalb noch länger unnütz Blut vergeuden?
Laßt mich hinaus. Laßt mich die Kämpfenden
Vor weiter'n blut'gen Thaten ernstlich warnen.

Hofnarr.
Und glaubst du, daß du diese Würthenden
Mit deiner Stimme Kraft entwaffnen könnest?

Montezuma.
Noch bin ich Kaiser.

Hofnarr.
            Kannst du eines Meeres
Gewalt'ges Würden mit der Stimme bänd'gen?
Du kannst viel wen'ger diesen blut'gen Zwist
Beilegen mit des bloßen Wortes Macht.

Montezuma.
Erinnert ihr euch, was das Volk erschreckte,
Eh' diese weißen Männer hierher kamen?
Der See Tezcuco überschritt die Ufer,
Und eine große Wasserwüste schien
Das breite Thal Anahuac zu sein.
Die Weiße-Frau, der Popocatepetl
Erleuchteten mit Feuergarben schrecklich
Die weite Wasserebne jene Nacht.
Erdbeben machten unsre Häuser zittern,
Und zürnend, hohe Wogen stürmend warf
Der See uns seine Fische tot an's Land.
Und Mißgeburten auf der Erde, doch
Am Himmel der Kometen drohend Bild,
Dies alles deuteten auf großes Unglück
Die Seher.

Hofnarr.
Jene Zeit ist längst vorüber.
Und was vorüber, laß vergangen sein.

Marina.

Vertiefe dich nicht in die alten Sagen.
Des Menschen Sinn soll in die Zukunft nur
Gerichtet sein; sein Auge steht nach vorn,
Und nicht nach rückwärts fällt des Auges Strahl.

Montezuma.

Erfahrung kann nur die Vergangenheit
Dem Menschen geben; längstvergangne Tage
Umflattert die Erinnerung in trüben,
Qualvollen Stunden mit der Liebe Fittich,
Und stärkt uns für der Zukunft Qual und Noth.
Auch meine Seele schweift in solchen Stunden
Hinaus, weit über dieses Hauses Wände,
Hinaus zu Thaten der Vergangenheit.

(Cortez kommt zurück.)

Cortez (mit wüthender Geberde)

Der Sieg war theuer uns erkauft. Noch ein
Angriff und alle diese Häuser, Tempel
Und Brücken werden hier ein Raub der Flammen.
Die weiten Becken der Kanäle, welche
Auf beiden Seiten eurer Straßen laufen,
Vermöchten kaum die Leichen dann zu fassen,
Die meine Feuerwaffen niederwürfen.

(Tumult und Geschrei.)

Montezuma.

Ist keine Rettung, ist kein Ausweg da,
Um die Zerstörung abzuwenden? — Nimm
Mein alles, nimm mein Leben, Wütherich,
Doch schone meines Volkes, meiner Kinder.
Gebt mir das Scepter, meines Standes Zei-
chen —

(Der Hofnarr holt Scepter, Mantel und Diadem.)

Horcht, wie mein Volk sich nach dem Herrscher
sehnt.
Noch einmal will ich meiner Stellung Macht
Für dich erproben, undankbarer Spanier.
Mein Volk hat dich bezwungen, dich besiegt,
Und nur um freien Abzug kann ich bitten
Für dich und für die Schaaren, die dir folgen.

Cortez.

Wer sagte dir, daß ich besiegt?

Montezuma.

Dein Stolz
Erlaubt dir nicht, als Mann es abzuläugnen.
Die Stunde ist gekommen, wo du weichen
Und dich und deine Leute retten mußt,
Wenn ihr nicht unsern Göttern fallen wollt
Als Opfer. Ich will noch einmal versuchen,
Die wuthentbrannten Schaaren zu besänft'gen.

Marina (steht am offenen Balkonfenster)

Die ganze Stadt in Waffen! überall
Bricht sich der Sonne heller Strahl auf Schildern,
Und alle Dächer sind besäet mit Kriegern.

O bleibe hier, mein Kaiser. Bange Ahnung
Erfüllet mir das Herz. O gehe nicht
Den Wüthenden entgegen — heute nicht.

Montezuma.

Vor meinem Volke sollte ich mich fürchten?

(Ab auf den Balkon, während sich die Scene verwandelt.)

5. Scene.

(Offener Platz vor der spanischen Festung. Man erblickt den
unteren Theil des Gebäudes, und sieht später den Montezuma auf den Balkon treten, ohne seine ganze Gestalt zu
erblicken. Guatemozin und Cacama in voller Rüstung;
mexikanische Anführer.)

Guatemozin.

Wenn wir auch nicht das Ziel erreichen konnten,
Uns mit den Fliehenden in ihre Veste
Zu werfen und dieselben dort zu schlagen,
So haben unsre Leute eingeseh'n,
Daß sie mit Menschen, nicht mit Göttern kämpfen.
Ein Scheinangriff muß uns zum Ziele führen.
Der Fürst Cacama wird die Heeresmassen
Um Mitternacht am großen Thor aufstellen.
Wir andern greifen sie im Rücken an,
Und unsre Kriegskanoes vom Wasser her.
Wo immer sie dem Angriff stehen wollen,
Dort weichen wir und locken sie heraus.
Dann stürmt Cacama, und die Veste fällt.

Cacama.

Wenn sie jedoch am großen Thore steh'n?

Guatemozin.

Dann stürmen wir an allen andern Punkten.

(Geschrei und Tumult.)

So stürmt die Meute auf der Fährte fort,
Wenn sie die Nähe ihres Feindes wittert,
Mit lautem Kläffen folgt sie seiner Spur.
Der leichte Sieg berauschte unsre Schaaren
Und wehe allen Fremden, wenn wir schließlich
Die Oberhand in diesem Streit gewinnen!

(Rufe: der Kaiser! der Kaiser!)

Der Kaiser?! — Dort auf unsrer Feinde Wall
Steht jener Mann, den sie den Kaiser schelten.
Was will der Feigling? — Ruhe jetzt, ihr Leute,
Ein aus dem Grabe Auferstandner spricht
Zu euch.

Montezuma (auf dem Balkon)

Wen sehe ich in voller Rüstung,
Mit Waffen in der Hand und siegsgewiß
Mit prahlerischen Worten hier erscheinen?
Mein Volk ist's nicht!

Cacama.

Du lügest alter Feigling!
Dein Volk ist hier, um furchtbar sich zu rächen.

Montezuma.
Verblendet durch den Ehrgeiz Einzelner,
Von Leidenschaften zu Tumult verführt
Erscheinet ihr. Mit lauter Drohung fordert
Kein Mexikaner seinen Kaiser auf,
Ihm seinen eignen Willen zu gewähren.
Geht ruhig auseinander! Eure Klagen]
Sind grundlos. Legt des Krieges Werkzeug nieder;
Kein Feind des Reiches fordert eure Rüstung.

Rufe.
Die Fremden sollen unser Land verlassen.

Cacama.
Mit ihnen dieser feige Montezuma.

Montezuma.
Wenn ihr die Waffen gütlich von euch legt,
So werden diese Fremden euch verlassen,
Die ohne Grund so vielem Aergerniß
Bereits als stets willkomm'ner Vorwand dienten.

Cacama.
Ihr hört es, Mexikaner, was der Kaiser
Euch sagt. Den Feinden sollt ihr unbewaffnet
Euch überliefern.
(Guatemozin spannt den Bogen.)

Montezuma.
Hört mich, Mexikaner!
Von meinen frühern Räthen hintergangen
Umfängt euch Vorurtheil, ein toller Wahn.
Denn ihr, verführt durch dieser Leute Wort,
Seid nur die willenlosen Instrumente
Zu blut'gen Thaten ohne Zweck und Ziel;
Traut jenen nicht, sie fördern euer Unglück.
Weil ihr der Götter Wort nicht hören wollt,
Erweckt ihr selbst das drohende Verderben.

Cacama. (für sich)
Jetzt oder nie! Der Augenblick geblert
Die That und Ueberlegung heißt sie gut.

Montezuma.
Die Fremden, meine Freunde, werden uns
Verlassen, wenn wir freien Abzug bieten.
Es werden Ruhe, Frieden wieder herrschen
In unsrer schönen Stadt Tenochtitlan.

Guatemozin (für sich)
Ich schulte diese That dem rothen Manne.
Der Druck von meiner Hand entscheidet alles:
Mein Volk stürmt vorwärts, und das Fremde weicht.
(zielt auf Montezuma.)

Montezuma.
Die Mexikaner um den Thron zu schaaren,
Und mich auf meines Volkes Kraft zu stützen,

Wird stets der Endzweck meines Handelns sein.
O ich beschwöre euch bei allen Göttern,
Beim theuren Haupte eurer Schutzbefohl'nen,
Entzündet keinen neuen Krieg. O höret
Die Stimme eures Kaisers, folget mir.
(Cacama und Guatemozin schießen zu gleicher Zeit auf ihn,
während ein Häuptling einen Stein nach ihm wirft.)

Marina (hinter der Scene)
Der Kaiser wankt. Der Kaiser ist getroffen.
O Gott im Himmel, habe du Erbarmen
Mit diesem schwergeprüften Sterbenden.

Guatemozin.
So mögen die Verräther stets den Lohn
Für ihres Volks Erniedrigung empfangen.

Cacama.
Dem neuen Kaiser Heil!

Stimmen.
Er lebe hoch!

Cacama.
Dem Rächer seines Volkes, unsrer Ehre,
Guatemozin dir allein gebührt
Das Diadem! O führe du dein Volk
Mit kräft'ger Hand zum Kampfe und zum Siege;
Zerbrich die Ketten, die die Fremden brachten
Und schütze unsrer Väter heil'gen Glauben.
Dein Volk ruft dich, ein ganzes Volk in Waffen;
Die theure Heimath und der Lieben Fleh'n,
Die Götter unsrer Väter rufen dich.

Guatemozin.
Nicht ziemt es sich, die beutegier'ge Hand
Nach eines Lebenden geweih'ten Ehren
Zu strecken — Ist der Kaiser wirklich todt,
Die Leiche nach der Väter Brauch bestattet,
Und sollte mich der Rath dann würdig finden,
Die Kaiserkrone Mexikos zu tragen,
So nehme ich die Ehre freudig an.

Alle.]
Guatemozin, unserm Kaiser Heil
Und langes Leben! Tod den Abenteurern
Und allen, die mit ihnen sich verschwören.

Guatemozin.
Jetzt eilt an eure Posten. Auf zum Kampfe
Für unsres Volkes endliche Erlösung.
Die breiten Brücken brechet eilig ab,
Die in der langen Straße sich befinden.
Und sollte dann der Feind zu fliehen suchen,
So treiben wir ihn blutend in den See,
Und ein für alle Male sind wir frei
Vom Joche dieser kühnen Bleichgesichter.
(Alle ab.)

6. Scene.

(Zimmer. Montezuma liegt mit verbundenem Kopfe auf einem Ruhebette. Marina kniet neben ihm; Cortez geht unruhig auf und ab.)

Cortez.

Beim großen Gott, wenn ich den Stundenzeiger
Um einer Sonne Lauf zurück zu stellen
Vermöchte, diesen Jammer zu vermeiden,
Ich wollte gern dem kühnen Plan entsagen,
Und still den Hohn der ganzen Welt hinnehmen.
Ich wollte — Doch was hilft uns eitles Wünschen?
Es ist einmal gethan und leere Worte
Sind unser Wunsch im Angesicht der That,
Die hier gescheh'n.

Marina.

   Mit deinem Gotte rechte;
Dies Opfer ist dem Christengott geschlachtet.
Dein böser Engel wird das Schreckensbild
Des todten Kaisers dir vor Augen führen,
Wenn du den Lohn für diese That empfängst.

Cortez.

Im Angesichte deiner Wunden frage
Ich dich, dich Kaiser Mexikos, ob ich
An deinem Elend schuld —

Montezuma *(mit schwacher Stimme)*
   Du bist es nicht.
Ich selbst verschuldete weit mehr als Alle:
Ich glaubte meines Volkes Wohl zu fördern,
Als ich dir liebevoll entgegen kam.

Was man gewöhnlich ein Versehen nennt,
Wird zum Verbrechen in der Hand des Fürsten:
Für sein Versehen müssen Viele leiden.
Für mein Versehen strafte mich mein Volk —
Doch gar zu bitter war die Strafe — Steine
Nach eures Kaisers heil'ger Stirn zu schleudern,
Ihn mit dem Zeichen ew'ger Schande zu
Beflecken, das verdiente ich noch nicht!
(er bedeckt schluchzend sein Gesicht.)

Marina.

Verzweifle nicht, mein Kaiser. Alles kann
Sich noch zum Guten wenden, da du lebst.

Montezuma.

Der Kaiser ist beschimpft! Weshalb soll ich
Noch länger dieses Leben weiter schleppen?
(reißt den Verband los)
Entrinnet Sorgen, Qualen, Angst und Leiden.
Und ihr, die Geister meiner großen Väter,
Führt meine Seele in den Lichtkreis ein,
Wo stete Harmonie und Freude wohnen.
(greift sterbend um sich)
O hab' Erbarmen, großer Ueberwinder,
Mit meinem Volke.

Marina *(wirft sich über ihn)*
   Großer Kaiser, nimm
Die Tochter mit in jene lichten Höhen.
Die weite Erde bietet mir nichts mehr,
Die Welt ist öde ohne dich und leer.
(Während Cortez sie aufzurichten sucht, fällt der Vorhang.)

Kleine Aenderungen und Fehler.

Seite 4, links, 6te Zeile von unten lies: „Er möchte wissen, wann er scheiden muß." — Seite 4, rechts, 14te Zeile von oben lies: „Wie heulen die Orakel jenes Treiben"" — Seite 6, links, 11te Zeile von oben lies: „Die Kannibalen setzten sich zum Mahle." — Seite 8, rechts, Zeile 14 von unten fehlt „stets" hinter ihretwegen. — Seite 13, rechts, 19te Zeile lies „wucht'ge" statt muth'ge.

MONTEZUMA.

A DRAMA IN FIVE ACTS.

BY

FREDERICK SCHNAKE.

TRANSLATED FROM THE GERMAN
BY THE AUTHOR.

ST. LOUIS, MO.
1870.

DRAMATIS PERSONAE:

MONTEZUMA II., emperor of Mexico.

GUATEMOZIN, his son-in-law.

CACAMA, } Mexican noblemen, relatives to
TEZCUCO, }   Montezuma.

Mexican Priest.

XICOTENCATL, chief of Tlascalans.

JESTER.

ISABELLA, wife of Guatemozin, }
PEDRO, her brother, } children of
MARINA, } Montezuma.

HERNANDO CORTEZ, Spanish commander.

ALVARADO DE SOTO, Spanish chieftain.

OLMEDO, a priest.

BERNAL DIAZ.

JOSE, soldier.

GUERRERO, a Spaniard, Mexican chieftain.

Spanish and Mexican soldiers.

Singers and dancers to the emperor.

Time: 1519.

• • •

Entered according to Act of Congress, in the year 1870 by
FREDERICK SCHNAKE,
in the Office of the Librarian of Congress at Washington.
No. 4286. A.

ACT I.

SCENE I.

(The ancient city Tenochtitlan (Mexico) in the background; the great causeway in the centre, canoes in the lake. MONTEZUMA, seated in a canopy, is carried by six noblemen. GUATEMOZIN, CACAMA and Jester on his side.)

MONTEZUMA.

Here let us rest! Scent of a thousand flowers
Invites to stop, sweet almonds and the odor
Of those Magnolias together with
The breeze that bends the slender cane-brush in
The lake, embrace my mental powers, leading
Without resistance me to dreamy slumber.
                    [descends]
O beautiful is this part of the empire,
Dense forests crown the mountain tops, and
Originated from those snowy peaks   [streams
Flow through the blooming valleys of the land.
We would ungrateful disregard the gods,
If we should not be thankful for their gifts.
     (All seat themselves on the ground.)

JESTER.

Great prince and emperor, you rightly praise
The beautiful dominion of the Aztecs,
Abounding with the treasures of the field.
The farmer is delighted by the sight
Of heavy crops, the miner by the gold
He digs from out the hills with busy hands.
The azure skies reflect but happiness.
When now and then the lightning's splendor fills
The heavens, everything seems strange to us
And with astonishment we raise our eyes,
Observe the battle of the elements:
The thunderbolts fly burning through the clouds
And roaring thunders make the heavens echo.
The shower passed; the smiling sun mocks us
For all the fear we had expressed lately,
When storm was raging. Everybody feels
Delighted by the balmy atmosphere;
Not only men, but all the animals
Enjoy the balmy air which now prevails.
But alas! every bush hides pain, destruction:
The glittering bodies of the snakes uncurl
And spring upon their prey, and ev'ry leaf
Sends forth an army of mosquitos, bussing
Against the inoffensive, harmless creature.
O beautiful is Mexico, if you
Could banish these small pesterers for ever
From your empire.

MONTEZUMA.
          My power not extends
On these but little insects, full of mischief.

JESTER.

Mistake, mistake! send off your deputies
To confiscate the instruments of those
Musicians; order all their teeth be broken —
Such pesterers!

MONTEZUMA.
         Your jests are shallow, old.
Be still, and let us have repose at last.

JESTER.

Old will become the best, that's world's old rule,
But I shall give you some of late invention.
We all know well that there are many tribes
In Mexico that gladly would shake off
The yoke, when other masters would appear,
Although your chieftains and your generals
Did capture many of the Tlascalans.

MONTEZUMA.

You are impertinent.

JESTER.
          The jester's right.
We do not bind ourselves to flatteries,
And make the tongue tell shameless lies,
We crack the lash as well upon the high
As on the low.

MONTEZUMA.
         To celebrate the day,
The happy feast, we all came from the palace.
The god of air is master of the day,
And orders veneration by his priests.
The altars are adorned with the flowers,
And winged songsters of the field and woods.
Who speaks of politics with feasts on hand?

JESTER.

The augurs say a tribe would soon spring up,
A mighty people from the distant East
To overthrow the Aztecs' strong empire;
Then will be time enough for merriment.

MONTEZUMA.

The fool is insolent. — Let dance and song
Shorten the weary hours of the day.

[Dance and song. A flower ballet is performed.]

We venerate the god of air.
Each being's blessed by his care;
The warmth he strews with lavish hand,
He scatters rain and all the land
Rejoices.

Let us offer thanks.

The deity of air we praise.
The roses blush beneath his grace,
He bids the fair Magnolia blow
And scatters blessings here below
To every being.
Praise the god.

MONTEZUMA.

Enough! There comes the servant of the god,
His face expresses sorrow. — Welcome, servant
Of the great spirit — What's your tidings, pray?

HIGHPRIEST.

Enquire not what will happen, nor remove
The mystic veil concealing yet the future, —
Remov'd you only see your deathly face,
And not the wiser, you condemn the act.
Death is the surest to the mortal man,
And yet he shrinks from knowing of his death.
He craves to know when he is to depart,
But knowing he would live in fears and anguish.

MONTEZUMA.

I do not ask for my lot of the Gods;
The future of my people troubles me.
If you send prayers to celestials
To give protection to my life and reign,
You care but little for the princely person,
You surely do the same to my successor.
What prompts you the oracle to predict
About the doings of those pale-fac'd strangers.
Upon the islands to the East of us?

HIGHPRIEST

Those are the men, predicted long ago,
To come and overthrow the Aztec race.
They are the sons of gods; upon the wings
Of wind they come, with thunder and with light.
Resistance is in vain, — so say the gods. [ning.

MONTEZUMA.

My very heart does tremble in my breast.
I would not fear those strangers in the least,
If they were men — for there's no fear in me —
Since they are sons of gods, superior beings,
I bend my knee in reverence to them.

GUATEMOZIN.

Without resistance? Never without struggle!

Will you desert your people in the conflict?
The emp'ror shall be father to his people,
For their love does protect his princely realm
And with their bodies will they shield the throne.
Be not discouraged hearing priestly talk.

JESTER.

And yet, was he not bitten by the snake?
He even doubts his power for resistance.

GUATEMOZIN.

I heard of men who once were thrown on shore
Far to the North: they lay there, bleeding, pale;
But when recovered, they confessed to us
To be of those white people, we observed
For some time on the islands to the East.
A small man is the one, of tender structure,
Not apt to make us fear; he speaks our language,
And tells the women stories of the people,
The mighty people to the rising sun.
The other man, Guerrero is his name,
Is chieftain in the army, took a wife
Of Aztec blood and is a Mexican.
Great lord, do order both to your presence
And you will find delusion vanish soon,
That rip'ned in the brains of silly priests.

HIGH-PRIEST.

I warned you; think twice before you act.
Your son-in-law may differ in opinion,
But he cannot resist the coming event.

[Exit.]

MONTEZUMA.

Send for those men. I wish to see those
strangers.

GUATEMOZIN.

I sent for them. The message brings them
here.
Why do you let such revelations enter
Into your serene feast? Head up, my father,
Endure what you can't alter; bear steadfast
What men must bear, but never do despair.

MONTEZUMA.

Can we resist the will of divine powers,
We mortal men? They would increase the
numbers
Of swarming enemies for our destruction.

GUATEMOZIN.

You have received reason, and the life
Has arm'd you with experience; both teach you,
Not shrink before imaginary peril!

MONTEZUMA.

Away, you sorrows! Call my dancers up,
Let us enjoy the eyes with gliding feet.

[While the dancers perform a ballet, GUERRERO enters;
after a short conversation with GUATEMOZIN he kneels
before MONTEZUMA.]

GUATEMOZIN.

This is the man, my lord, you wish to see.

MONTEZUMA.
Arise! Are you one of those pale-fac'd men?
How does it come you look so warrior-like?

GUERRERO.
Greatmighty king! I am a Spaniard,
And being born on sea I do not know
My native country, but found here a home
In Mexico, the mighty Aztec reign.
My countrymen discover'd blooming islands
East of your mighty empire, subjugated
The natives, and gigantic vessels bore
Their multitudes of soldiers to those isles.
We heard in Cuba of the Aztec empire,
And vessels fully armed left the port,
In search of lands of wonder, lands of gold.
They all returned safe, but only one
Was wrecked, driven by a storm to shore.
    The natives having soon discovered us,
And taking pity with the strangers, took
Us to their homes, and all our sorrows fled.
Then came the feast in honor of the sun.
They took four of the fattest from our midst
And — [Interrupts himself.]

MONTEZUMA.
Further?

GUERRERO.
    They were sacrificed that day.
The cannibals sat down and made a meal
Of those, my comrades.

GUATEMOZIN.
    This was customary,
According to the rites of holy worship.
We eat the lambs, the oxen, eat the goats,
That formerly belonged to the foe;
We sacrifice his heart to all the Gods.
Why should we not sit down to eat his meat,
When not eternal Gods refuse his heart?

MONTEZUMA.
This horrible custom shall be done away with,
And better rites shall take its bloody place.
Does one lamb eat another, does the eagle,
The snake, the buffalo swallow their kindred?
No, no! But man alone could do such bloody
                                        deed.

GUATEMOZIN.
You cannot alter this, your people's custom.
Go on — How did you finally escape?

GUERRERO.
A priest, Aguilar, escaped with me;
We kept ourselves well hidden in the forests.
I took a wife at last, and learn'd your customs,
And liv'd amongst you seven happy years.
But now, my lord, grace me your humble servant
And let me know, why you have ordered me
Before you?

GUATEMOZIN.
Aguilar is yet alive —
Why is he not before us?

GUERRERO.
            He escaped.
He would not break the vow to take no wife,
As all our priests must swear. He hoped return
To Spain, to his beloved country-chapel.
One day he seated on the barren shore
With tearfull eyes, and heart homesick with
                                        sorrow,
And while he eastward stared, he beheld
There vessels plowing through the ocean.
He tried to persuade me to return,
And when refused, he went off alone.

MONTEZUMA.
Who are those pale-faced men?

GUERRERO.
            Spaniards
And Christians.

MONTEZUMA.
Who is their sovereign?

GUERRERO.
His name is Charles, king of Spain, the fifth.
He musters larger armies, rules more people
Than any other monarch.

GUATEMOZIN.
            Only not
Than Montezuma does. Who are the Christians?

GUERRERO.
Believers in the teachings of the Lord.

GUATEMOZIN.
Is he a god? Let us reserve an altar
For him in yonder gorgeous teocalli,
The temple where eternal gods reside.
Was he a benefactor to your people
Like Quetzalcoatl, sublime god of air?
He taught us how to use the plants, the metals,
He gave us laws and taught us agriculture.
And after he departed, we regarded
Him benefactor, made him god of air.
We'll put your god along-side of this god.
If your god's equal, if he did the like.
What did he do?

GUERRERO.
    I know it not for certain.
But since the priests do call him our redeemer,
I do believe in him.

GUATEMOZIN.
            Did he defy
The evil spirits, did he force them down?
Let us build temples, let us offer him
The next foes we shall capture in the battle,
Their hearts shall burn, the priest shall duly sing
In glory to the new-come holy guest.

And smiling will he send his benediction
Upon this land and her so mighty king.

MONTEZUMA.

We dare create no other gods, since those
We have inherited from our ancestors,
Have always powerful protected us.
Perhaps this new god would in conflict be
With all the others, and we suffer thus.

GUATEMOZIN.

Great Spirit, father to all living beings,
Whose name be reverenc'd, will not permit
That this new comer does us any harm.
Let us erect him temples, detail rites.

[Servant hands him a note.]

MONTEZUMA.

Not with my will. — Name us the reason,
                                  stranger,
Why your so mighty emp'ror sends his people
To ransack other people's territory,
To bring us bloodshed, war, and misery.
Is there a famine raging in his land?
Can not the soil support the multitudes?

GUERRERO.

He sends them out to make discoveries,
To guide the heathens on the path to heaven,
And give his crown the new discover'd lands.
His God has given all the lands to him,
As token of his true, embracing love.
He gave him all in blessings of the Pope,
The holy father, highest functionary.

MONTEZUMA.

Who gave him privilege to do such acts,
Not to regard the ownership of others?

GUERRERO.

I do not know. They call him king of kings,
As representative of God on earth.
And attribute the right to him, the priest,
To lend the crown to princes in God's name

MONTEZUMA.

Not my crown, not the crown of Mexico!
It does descend upon the worthiest member
Of royal blood — according to the custom.

CACAMA.

There is no reason yet to be afraid.
For if these pale-fac'd men should dare to come,
We may appeal to arms, resist the onset.

GUATEMOZIN.

They landed on our shore, in Mexico
They came on wings of wind in large canoes .
As high as houses, and with thunder, lightning.

CACAMA.

Who brought these news?

GUATEMOZIN.

                    Collectors of the taxes
Received information of their landing.
They hurried to the North, and ascertained

That those despised strangers did defeat
Our armies in a battle at Tabasco.

MONTEZUMA.

Who doubts yet their identity with those,
His heirs to come and take his old dominion,
As Quelzacoatl once predicted us,
When he departed? Now they come, demand it

GUATEMOZIN.

Their chieftain said that he was sent to us
With message from his emp'ror to your lordship,
The mighty master of this great dominion.

MONTEZUMA.

I shall receive him not!

CACAMA.

            And why not, emp'ror?
Why not to meet the bearer of those greetings,
The message of so powerful a king?
With seven millions people for protection
You need not fear the bravings of the strangers.
Besides those Tlascalans, our deadly foes,
Those mountain-sons, republicans, protect
Our borders and will not permit the strangers
To transgress through their lines to Mexico ;
They are too jealous of their independence.
There is no reason for your stern refusal.

MONTEZUMA. [To CACAMA]

Well, be it so. You will proceed at once,
Together with a noble delegation,
To meet them, where you find them easiest.
Take from the hall, containing golden treasures,
Amassed by my noble ancestors,
Whatever you think fit as presents for
The emp'ror of the strangers.

GUATEMOZIN.

              Send them arrows,
And bows, the battle-ax and other weapons.
It would look better for the Aztec emp'ror
To show the homeward road to those intruders,
Than be the flatterer — he never was.

MONTEZUMA.

It's all in vain — you will proceed at once
With such instructions as our council pleases.

[He ascends the canopy and is carried off.]

'SCENE II.

[All leave; except GUATEMOZIN and CACAMA.]

GUATEMOZIN.

The hope is dead that has embraced once
This emp'ror. On the throne he sits a craven!
He conquer'd many cities, subjugated
The different tribes and principalities,
Combining them into a vast empire,
But he has been deprived of his courage.
He laid aside the warrior's glittering armor,
Became a priest, and indolent a coward.
It was your father, who presented him
As emperor in the council, since the former

So brilliant warrior would defend the empire
In time of danger. — But he turn'd a coward.

CACAMA.

Are you not wrong in hasty accusations?
Do not believe that I am double-tongued
For giving this advice. We will know best
How to assail thess strangers, when we know
That they are mortal, not immortal beings.

[Exeunt both.]

SCENE III.

[Spanish'camp; the inside of a tent. Cortez and Olmedo
afterwards Alvarado and Marina.]

OLMEDO.

You took a wife according to the rites
Prescribed by the Church, the holy catholic;
This sacrament does bind you firm for life.
You know the church protected you against
Your enemies. In spite of these, you now
Denounce the rites of holy mother-church
By taking yet a second wife to you?
And Donna Catalina is as sweet
And beautiful a woman, as not often
Is found among the blooming Cuban daughters.
You throw away her for a slave of yours?

CORTEZ.

I am the warrior of the holy Church,
For all I do is only done for her.
And yet you measure me and all my actions
By common inch-rod of the daily life?

OLMEDO.

I know that all illustrious men pretend
That for their sake the safeguards of the world
Be turned, but they are mistaken only.
The world looks at them, envious and jealous,
And woe upon them, if it finds them wanting.
Velasquez, governor of Cuba hates
You, Cortez, and you know not, how the emp'ror
Does judge about this hazard expedition.
Yet you will arm your numerous enemies
By such an action? No! Before you throw
Away a shining future and your peace,
Let go Marina, separate from her.

CORTEZ.

I was not prompted by the moment's passion,
When I took this Marina to my partner.
It may be recklessness. I care not for
The talk of my companions, but that you,
Most reverend father, also use such reasons,
Does hurt my feelings more than you intended.
We come here strangers, enemies, intruders,
Into this land of wonders, where we meet
Adversaries in countless multitudes.
We have defeated them, they re-appear
In larger numbers and with greater zeal.
After the battle near Tabasco river
And when we made our treaty with the cacique,

He gave Marina me. I took the maiden,
Nobody cared for or showed love;
It was my duty as a Christian
To save the soul of hers from sure destruction.
And help'd by her, we may accomplish sooner
The work of bringing to the Church of Christ
The countless numbers of this heathen-people.
I flatter them by holding out Marina
A helpmate and a partner of my fate.

OLMEDO.

I shall not scold you any more for it.
Defend your action at a higher court,
Before the supreme judge of all the world.

[Enters Marina]

CORTEZ.

What do you say, my dear beloved wife,
This reverend father tried to separate us.

MARINA [smiling]

The bonds of mutual love do bind us firmly;
He is not able to dissever them.
If you would thrust away my love from you,
I would not part from you, but follow calmly,
Removing all obstacles from your road
And turning dangers from your darling head.

CORTEZ.

Who knows but you will once regret to have
Believed in my word.

MARINA.

O never, never!
A woman loves but once in all her days,
This love's to her the shining star of life,
If it's the true, beloved gift of heaven.
Whoever dwells within the heart of woman,
He is her god, her lord and her commander —
Invisible bonds do bind her to his fate,
Misfortune cannot alter this relation.
It is my highest pride, to please my lord,
To please of millions only you, Hernando.
I do not care for country, emperor,
I do not care for all my native gods —
I gave them all for you and for my love.

CORTEZ.

How did it come, that you could throw away
All what is called dear, for me, the stranger?

MARINA.

When the cacique had given us to you,
And I beheld your eye so clear and mild,
My heart was turn'd in love and full rejoicing.
We stood there, waiting for the awful knife,
Three hundred, given you as off'rings for
Your god of war, when you approached;
"The God of Christians is the God of love,
He does demand no human sacrifices,
He loves what he created by his love!"
You open'd wide the gates of life for us,
And pointed out the way for future blessings.
Who dares to say, that I am wrong in wishing,

To be the servant of so great a man,
Who could rejoice my heart with double life?

OLMEDO.
Polygamy is tolerated by
The customs of your people — not by us.
The church forbids it strictly.

MARINA.
                    But I know
The word to drive away this ugly night-mare.
Your wife in Cuba is sweet Catalina,
In Mexico you call your wife Marina.
And since you are in Mexico, I am
Your faithful wife.

OLMEDO.
                    Who have your parents been
That gave such lessons to their parting child?

MARINA.
My father was a powerful cacique.
He died too soon for me; my mother took
A second husband, and I was neglected
By her. In course of time a boy was born,
And my step-father did persuade my mother,
To give my part of the estate to him,
His son — They sold as slave me to a trader.
The daughter of a slave of hers was buried
Instead of me, they had pronounced dead.
The trader sold me to the mighty chief
You have defeated at Tabasco river.

CORTEZ.
    The land of wonders shows us something new
At ev'ry step. Is slavery a practice
Among your people?

MARINA.
                    No, poor people sell
Their children to the rich as slaves or servants.

OLMEDO.
Is slavery transferred to the children?

MARINA.
No, ev'ry child is born here free of bonds.

OLMEDO.
This people has no history, no laws;
One language does not bind the tribes together?

MARINA.
They have one language, have a common law,
They have old tales, and have a history,
Transferred from remotest times to us.
The writings of the roles is taught to us
By priests in schools, erected near the temples.

OLMEDO.
Those priests, besmeared with the blood of men,
Should plant civilization here? Impossible!

MARINA.
A lower order of the priests are teachers;
The service in the temples is reserved
To those of older age and greater wisdom.

CORTEZ.
What do they teach you for your history?

MARINA.
Large tribes descended from the northern
                                    mountains
Into the valley of Anahuac.
They found a nation there of milder customs,
They found a milder climate, milder air.
The arts, the agriculture far advanced,
All this they had received from a god,
The benefactor of this race of people.
    A part of them soon intermarried with
The new-come people, while the greater part,
Advancing, reach'd the lake Tezcuco soon.
They saw an eagle sitting on a rock,
And holding in his claws a gorgeous snake.
The eagle spread his wings and disappeared
Soon out of sight, the sprawling snake with him.
    The Tanapecs rejoiced by the omen,
Sent by their gods, concluded now to build
Their city in the lake upon the rocks.
They built canoes, and houses cover'd soon
The barren rocks; they soon commenc'd to build
Three causeways through the lake combining
                                    thus
Their city with the mountains and the valley.

CORTEZ.
I never thought to find so much of art
And industry among this people.

MARINA.
                    They named
Tenochtitlan their rapid-growing city.
They soon became a terror for their neighbors,
The new-come people, since they subjugated
All the surrounding tribes, defeating them.
It would be tedious for you to listen
To all we learned as our history.

CORTEZ [to Olmedo]
Those were the ancient Romans of this country.

MARINA.
    The ocean stopped the march of Montezuma
The first, who subjugated all the nations,
Except the Tlascalans. This little people,
Protected by their mountain's strong defences,
Repelled the assaults of all the armies
The emperor had brought against them and —

CORTEZ,
Where lays their territory?

MARINA.
                    To the West,
[Alvarado enters.]
Midways between the ocean and the city
Of Mexico. The warlike little people
Have fortified their mountains yet with strong-
                                    holds,
And crush the enemy who dares to come.

CORTEZ.

And yet we take them by assault, my dear,
If they should not allow us to transgress
Their mountains. For I am determined
To see the emp'ror Montezuma in
His splendor and his splendid capital.
[to Alvarado]
Is ev'rything in readiness ?

ALVARADO.
It is.

CORTEZ.

To-night we start from here to Mexico.
Let all the men be ready for the march.
There lies a vessel on the shore unhurt —
Let all the cowards start therein for Cuba.

ALVARADO.

No true Castilian will shrink from danger ;
They all seek dangers but for glory's sake
And when their country's greatness is on stake.

ACT II.

SCENE I.
[Square in Tlascala. Bernal Diaz and Jose.]

DIAZ.

What is the use to growl, and steer against
The current ? Try once to undo the past !

JOSE.

If I was home secure again once more,
I could not be induc'd by any means,
By all adventurers of the world, to come
And see this country full of sterling wonders.
Your object is conversion of the heathens,
And you have no love for your fellow-men. —
The main commandment for the Christian.
Your chief does exercise this love-commandment:
He burns the bridge connecting us with home—
He burn'd our ships! What prompted him to
do so ?

DIAZ.

Necessity compelled him to do it.
You did allow few demagogues to scare
You by fictitious dangers, you demanded
Immediate return, nay flight to Spain.
When he prepared to return at once
You felt ashamed and demanded to
Disclose the wonders of this great empire.
Although he strict refus'd, rebuk'd your conduct,
You knew how to persuade the gallant leader.
He saved only a relapse to you
By burning all the vessels but the one:
The coward-ship — thus binding you at once
To him without the hope of vile desertion.

JOSE.
He planned it; we only were his tools.

DIAZ.

Whatever he achieves, he knows to end.
We have to stand and fall with him, the leader—
These Indian hordes would sacrifice us all,
If he should fall.

JOSE.
We'll never see our homes

Again with him, without him we would soon
Obtain the means for our return to Spain.

DIAZ.

Fie coward! How can you yet speak of Spain,
While you disgustfully soil your country's glory!
It is the object of our leader to
Extend the Spanish reign and you denounce
Him for his actions, you, a Spaniard?

JOSE.

He could have used safer ways and means.
At Zampach we confronted hundred thousands
And fought them daily.

DIAZ.
What's the reason, we
Are here, right in the heart of Tlascala ?

JOSE.
I cannot comprehend it yet.

DIAZ.
Well, listen.
The Indians did not know the powder, cannons,
The horses and their riders, till they felt them.
They tremble now, and seek our precious friend-
ship.
Whatever could resist the Montezumas,
We overthrew — a handful of six hundred.
The fathers of this city and republic
Are now assembled and will vote in aid
Of us their armies and their war-supplies
Against the mighty emp'ror Montezuma.

JOSE.

What aid do you expect from savage people ?
I hope that Cortez may refuse such offers.

DIAZ.

The little heap of discontented grows,
Until it is an army, irresistibly
Destroying Montezumas strong empire.
[Exeunt Diaz and Jose.]

4

SCENE II.

[Enter Cortez, Xicotencatl, Alvarado and Noblemen; afterwards Marina, last, Mexican delegation: Cacama, Tezcuco and followers.]

CORTEZ.

Delighted with your friendly proposition
I herewith do accept the proffer'd aid.
It shows that higher powers have concluded
The speedy downfall of this new-world's Rome.
The Holy Virgin with her legions follow
My brave and gallant little troop of heroes.
Do you believe weak mortals to be able
To scatter hundred thousands of your braves?
Why did you and your men mistrust my word,
When I demanded passage through your lines?

XICOTENCATL.

An uncalled friend in arms becomes a foe
Within the limits, strongholds of our country.
Whoever tries to enter our inclosures
With arms in hand, we do regard him foe,
And all resistance will be thrown at him.

CORTEZ.

You pressed hard on us.

XICOTENCATL.

We stand united,
And you command our forces in the war
Against our common enemy, the emp'ror.
It is not customary with republics,
To beg for alms and favors of the mighty;
They always have depended on the valor
Of all their citizens, of all their braves.
You prov'd to be our equals in the conflict
And since you come to strike against our foe,
We have made friends with you, and stand united
With you against the armies of the Aztecs.

CORTEZ.

The emp'ror is beloved by his people.

XICOTENCATL

They love him, but his tax-collectors, councils
And other rabble, hanging on his court,
Do hurt him in the public estimation.
He winked always at our independence
And sent his armies for our subjugation,
But we sent home them trembling, bleeding,
As often they ascended through our mountains.
We have defeated them so often here
That days of jubilation are forbidden,
Since hardly any day 'd be left for labor.
The altars of our gods did suck for years
The blood of Mexicans, and soon they will
Receive new sacrifices by the aid
Of your tremendous lightnings and your thunder.
We sent our prisoners —

CORTEZ.

Not as sacrifices
Your idols, you impute most falsely gods.
There is but one god, and his only son

Was sacrific'd for all the world upon
The cross, we have been saved by this dud.
Since that time human sacrifices were
Forbidden and I shall not tolerate them.
Don't let me hear that you demand the blood
Of prisoners.

XICOTENCATL.

As we please, we'll do with them
According to our customs with our captives.

CORTEZ.   [angry.]

And I would throw your idols from their seats,
The torch into your dens of murderers
And send your blood-besmeared priests to hell,
The true dominion of their master, Satan.

OLMEDO.

Don't get into a passion! Do correct
His errings, give him your opinion cooly.
The wrath looks bad upon a manly face;
If you intend to ripen love and peace,
You must not scatter wrath and quarrel.
You rouse their passion only by denouncing
Their priests; they will submit to your command
And quit their sacrifices for a time,
But will repay themselves when we are gone.
Will you allow the image of the Virgin
To be here soiled by the hands of heathens?
If you insult their priests, they will insult
The true god standing unprotected here.

CORTEZ.

The god who wrapped himself in clouds and
thunders
Upon Mount Sinai and in lightnings spoke
To his beloved people, will protect
His sanctuary from these idolaters.
The holy Virgin (visible to us)
Guides all our steps with sacred benediction.
The patron of the Spanish people follows
Us on the march — The men did see him in
The battle at Tabasco on a stallion;
Wherever he did point his sword of flames,
The richest harvest fell for greedy death.

OLMEDO.

Celestials protect your holy errand;
You gain your victories by their assistance.
Your confidence, the courage of your men
Are the result of your confiding faith.
But softness, placability will bring
The hearts to you of all adversaries
O show them love, when they expect to feel
The heavy arm of the revenger, show
Them clemency and not annihilation;
You will thus teach them true christianity.

CORTEZ.

The world adhers unto the customs longest,
Inherited from olden times. The profit
Will cure the men thereof — if not, then force.

OLMEDO.

No cool reflection, christianity
Alone may guide your dealings with this people.
Look to the banners of your little army :
The holy mother presses smilingly
The infant Savior to her blessed bosom.
This is the image of the purest love,
And you will conquer under such a sign ;
But you must sow no hatred and no murder !

CORTEZ [to the nobles]

Since nothing keeps us longer here, prepare
Your columns for the march towards Cholula.
[To Xicotencatl] The gen'ral of the Tlascalans will
                                              lead
IIis braves to victory and glorious fame.

[Exeunt omnes, except Cortez.]

He was quite right ; I have pursu'd too hotly
The bloody rite of these blind-folded heathens.
The true religion will enlighten them,
As soon the Lord allows me by his grace
To bring the light of heavens to their emp'ror.
The rays of sunshine come from skies above —
The rays of creed descend towards the people
From way above, the emp'rors throne.
And this achiev'd, I shall return to Spain,
Affix this empire to the crown of Charles,
And bring the converts to the holy See.
Then will the time come to request forgiveness
For all the deeds, committed without sanction.

[Enters Marina]

MARINA.

What did I hear? Did you conclude, so soon
To leave this city? Do not be too hasty,
You will yet reach the Aztec capital.
    As I came here and passed the sentinels,
I met a delegation sent to you
By Montezuma. They bear presents for
The king of Spain, and you, the thunderer.

CORTEZ.

The thunderer?

MARINA.

            They call you so, my lord.

CORTEZ.

Whom does the emp'ror send as bearers of
His rogue welcome and his precious presents?

MARINA.

Crown officers: Prince Tezcuco and Cacama,
And also of the royal blood three princes.
Be firm now. — There they come in long proces-
                                              sion.

[Exit Marina to the right, Delegation from the left.]

CORTEZ.

Be welcome in the neutral camp of friends,
Be welcome, delegation Montezuma's.
What does the emp'ror say through you, his
                                          councils ?

CACAMA.

Great warrior of a mighty, princely king,
Residing to the rising sun, we send
You presents for his majesty of Spain.
And furthermore, we hereby do command
You to dispatch these presents to your king.

CORTEZ.

I shall dispatch a bearer to my king,
Obedient to the wishes of your emp'ror.
I can not go in person, for my message
Demands my presence with your mighty
                                      emp'ror.

CACAMA.

The emp'ror Montezuma does advise you
To quit the purpose of your journey to
Tenochtitlan, his princely residence.

CORTEZ.

But nothing can prevail me to obey
The orders given by his majesty,
The king of Spain, to me, his humble servant.
Your emperor alone receives my message —
I sailed many days and thousand miles,
To see your emp'ror on his golden throne,
Surrounded by the tokens of his reign,
And hailed by the millions of his subjects.

CACAMA.

The same almighty emp'ror does advise
You, not to visit his Tenochtitlan.
He could protect you not against the people.

CORTEZ.

We shall protect ourselves, and show your
                                      emp'ror,
How we repel rebellion. If he grants
Permission, we shall come, protect ourselves.

CACAMA.

But he requests not, he demands your
                                      leaving,
And not to be a friend towards his foes.

CORTEZ.

You do esteem these Tlascalans as brave
And gallant, as I do — You would not be
Here in their city, if it was not so.
The emp'rors enemies are to be found
Not where you are at present, gentlemen.
I don't intend to leave this Mexico,
Before I see your emp'ror Montezuma.
And I shall see him soon, remember this.

TEZCUCO.

Do you intend—you?—to oppose the will
Of Montezuma, king of all the kings?
He'll rally all his braves against intruders,
IIis hundred thousands will crush you to pieces,
And none be left of your handful of men.

CORTEZ [contemptibly]

You show me force? Look at Tabasco river,
And count the bodies of your mouldring legions,

My handful threw, dispers'd your armies there—
The Tlascalans always defeated you,
And sent your bleeding hundred thousands
          home,
And yet we have defeated them, your victors.
You terrify us not by silly threats.
Go home, announce my speedy, quick arrival!
But woe upon you, if you hatch but evil;
I'll open all my fire-spitting barrels
Upon you, bearing death and consternation,
While you are trampled in the dust by horsemen
With sabres in their never failing hands.

[Exit Cortez.]

CACAMA.

What is the object of this strange intruder?
What does he carry for the emp'ror only?

TEZCUCO.

He plans destruction for the Aztec empire,
And trains the Tlascalans for such a scheme.

CACAMA.

A foolish object! Every one will perish
Of all his men, if really this his purpose.

TEZCUCO.

Guatemozin's counsel was the better.
If this intruder had received samples
Of weapons, he would have abandoned
His schemes. To frighten these white men by
          presents
Or threats, t'is silly, but such was the case.
There comes Marina, one of Mexico's
Fair daughters, now a slave of this intruder.
Let me and her alone. I'll try, if possible,
To conquer Cortez by her gentle hand.

[Exeunt omnes to the left, Marina from right.]

MARINA.

Great prince Tezcuco, offspring of so great
A monarch, chance has made this interview.
You are the strong support of Montezuma,
Know then that Cortez brought to Mexico
The olive branch —

TEZCUCO.

         And lightnings in his hands.
Do you believe that I had made this meeting,
For you to give instructions to your prince?
Who are you? Are you not offspring of those
Who creep around our feet with lowliness?
I warn you—Cortez presence is disliked
And I command you to remove him soon.—
So you induce him to return to Spain,
The matter 's small, whate'er you act with him.

MARINA.

Brave prince, the fear and anguish animate
And doubts about the omnipotence of   [you,
Your emp'ror. He destroyed minor states;
A flock of strangers, warriors make him
          tremble!
No wonder, weaker hearts are full of anguish,
When even prince Tezcuco trembles!

TEZCUCO.

         What?
Where is there any reason for such fright?

MARINA.

A man who pick'd a quarrel with his brother,
By order of his emp'ror, for the robe,
The father left to both of them, his sons;
A man who fought the fiercest battles once
To lose his state, his independence also,
Such man has done away with fright for good.
Who are you? Vasal of the Aztec crown!
How do you venture to command the wife
Of the ambassador? One word of mine
And never would you any more molest
The world by silly threats.

TEZCUCO.

         His legal wife!

MARINA.

You are of the impression that you gained
A name by keeping up a bloody war
With him whom nature made your younger
         brother.
Tezcuco, all your rage falls back on you,
Whenever you resist the emp'rors foes.
The more the smaller thrones do tumble down,
The more the Aztec throne does rise and rise.
When once you forc'd your brother to divide
Your predecessors' vast and rich dominion,
And by division made two weaker states,
You founded Montezuma's strong empire.
He does command now, you obey his orders.
Don't be afraid that Cortez came restoring
Your throne to you, you lost, short-sighted prince,
Recover what you lost yourself —

TEZCUCO.

         What is
His object!

MARINA.

    He comes here to see the emp'ror
And brings the greetings of his mighty king.
It is now time for your departure, prince —
Tell Montezuma never to provoke
My husband, for his rage is sure destruction,
Since he commands the thunderbolts of heaven.

[Exeunt omnes.]

SCENE III.

[Private room in Montezuma's residence. Montezuma, his
children Pedro, Isabella; afterwards Cacama, Tezcuco;
last, Guatemozin.]

MONTEZUMA.

It does not look well, anyways, to lie.
But to deceive one's father — that looks bad.
Guatemozin has deceiv'd his father
Most grievously, my dear beloved daughter.
Am I compell'd to do his selfish wishes?
It is enough that I will listen to
His views in council. — Why abuse the ties

Of our relation for his selfish purpose?
I am as yet the emp'ror, and my will
Is law, let him look out for stern rebuke,
If mischief is his only aim and purpose.

ISABELLA.

And if he felt himself tenfold the wiser,
He would submit to orders of his emp'ror.
He would obey the promptings of the council,
Still knowing that they all were base and wrong.

MONTEZUMA.

I am aware of all his bad intentions;
He plans to murder the ambassador
From ambush at our sacred town Cholula.

ISABELLA.

In such a case, if really he intends
To strike the hardy blow, you ought to praise
Him first; for you are not responsible, if
He were defeated by the strange intruders.

MONTEZUMA.

I look upon this in a different light.
These strangers come in peace into the country,
And we esteem them enemies without
A reason, chase them like the vermins, beasts.
The hospitality of Montezuma
Should thus be soiled, thus be wiped out?
My son, you will at once, without delay
Command your sister's husband, Guatemozin,
To stop his evil doings — in my name.

PEDRO.

I will not do so! They shall perish all
Within Cholula, sacred home of gods.
One night will throw all these contemners down
In presence of the temples and our gods.

MONTEZUMA.

I shall not leave the road of righteousness —
I go myself, if every one refuses.
Bring me the diadem, the poles, the sword.
Guatemozin dares not to defy
The emp'ror.

ISABELLA.

Why such haste to please the strangers?
Did you become a frail and curious woman,
Because you cannot wait to see the moment,
When you'll exchange your flatt'ries with the
                                    strangers?
The strangers will arrive, to visit you;
Look out that they respect our sacred rights.

MONTEZUMA.

Who forces me to give them anything
That I refuse? — No mortal being can!
Who are those strangers? But six hundred men,
My runners say, who follow Cortez hither.
I do not tremble at so great an army.
One word of mine and million arrows would
Enwrap this gang in such a manner that
The air were wanting for their freely breathing.

ISABELLA.

But how about those beings — men half
                                    beasts —
Our warriors mostly fear and tremble at.
And then those barrels spitting thunderbolts,
Awaking echos in the hills and valleys.

MONTEZUMA.

Are they but mortal beings, fear is needless;
Are they superior to us, then I'll seek
To gain their friendship and dismiss all anguish.
Far better to befriend the unknown power,
Than hasty under-estimate the same.
Let us regard them friends, and welcome too,
As long they show no open enmity.
At any rate they'll fall as victims to
Our gods, if they should prove our enemies.
I am aware that many tribes would sever
Relation boistrous with the Aztec crown,
If these white people should assist rebellion.
They are invulnerable as reported
And any number armed men retire,
Whenever they pour forth their thunder, light-
Now taken it be granted that I could [ning.
Entice them to a treaty with my crown,
Such news would terrify the farthest tribes,
If I was allied with those pale-faced men
Who hold the thunder, lightning, at command.

PEDRO.

But, father, whence will you take captives
As sacrifices for the gods?   [then

MONTEZUMA.

                        Hush, son.
I wish this bloody rite did not exist.
Who has a human heart, and loves such horror?

PEDRO.

O father, father, do not sin! A former
High-priest —

MONTEZUMA.

            Feels pity with the wretched victims
Of superstition. Human feeling blessed
My heart with insight in these cruelties;
And if the superstitions and the customs,
The institutions of my people were
Not stronger than I am, a single man,
I'd stake my crown against these cruelties.

PEDRO.

Who comes? — Cacama has returned, father.

MONTEZUMA.

He brings us news of interest, importance.

CACAMA. [Enters.]

My lord, great lord and emp'ror. Cortez will
Be here in spite of all our threats and presents.
He does refuse obebience to your orders.

MONTEZUMA.

He shall be welcome, since he comes in peace.

CACAMA.

When I passed through Cholula's sacred
                                    streets,

I found them full of holes, well cover'd with
Brush-wood, impediments to hasty travel.
I asked the object of your son-in-law.
He said : The gods have been insulted, and
Their images been soiled by the strangers,
Their fate does wait for them here in Cholula.

Montezuma.

This blusterer will yet in boyish zeal
Call down the anger of almighty gods !

Cacama.

When we departed, we observ'd the first
Advance of Spaniards, and behind them closely
The columns of the Tlascalans, our foes.

Montezuma.

Woe, three times woe upon the lawless man,
Who kindles here a war without a cause.

Cacama.

Did you not send Guatemozin thence,
To execute your orders ?

Montezuma.

I forbid
It strictly, for it bears to us destruction.

Cacama.

Hold him responsible for all the blood —

Isabella.

You cowards do condemn the only man,
Who dares stand up for country and for people ?
Who heard it yet, that Aztecs did not fight
For all that's dear and sacred to a nation ?
An emp'ror of the Aztecs feels no shame,
To scold the courage of his brave companions
Who strike a blow for him, his throne and
                                    crown!
Fie cowards ! Learn of me, a timid woman,
The supreme duties of your manliness.
Are you too weak, are you too cowardly
To render strong protection to your children,
Don't curse the brave who does protect his home.

Montezuma.

You only look upon him as your husband,
The father of your children, their defender,
And therefore call his action patriotic.
I like your way : the wife shall not mistrust
The actions of her husband nor deform them.
But we see disobedience and not love.
You call me weak and call me cowardly.
Old age has painted wrinkles 'round my eyes,
My hands do tremble now and then, but still
I feel the strength of former years in me,
And when the time comes, I shall prove it too.

Pedro.

I would relieve the empire of this gang
Of booty-seekers and sustain my strength.
Who comes there running in such fev'rish haste?
Tezcuco comes —

[Enters Tezcuco.]

Montezuma.

What do you bring, my cousin ?

Tezcuco.

O poor Cholula, sacred town of gods !
Cholula does no more exist, my emp'ror.

Montezuma.

What ? Are you out of senses ? What is up ?

Tezcuco.

The city was in flames and murder raging,
When I escap'd and barely sav'd my life.
The Tlascalans set fire to the houses,
The Spaniards threw our gods out of their tem-
I wish I never saw such awful day.   (ples—

Montezuma.

Did not the gods descend, protecting firmly
Their sacred seats against the rude intruders ?
How did this happen ?

Tezcuco.

When the elders of
The city solemnly requested Cortez,
To keep the Tlascalans outside their limits,
He order'd them to do so, as requested.
But few hours afterwards the news came in
That heavy bands of Mexicans were near,
And everywhere the men discover'd holes
And traps for them and for their curious beasts.
The residents excited, gave insults—
And Cortez burned down the sacred city.

Montezuma.

Where was Guatemozin ?
[Guatemozin enters unseen by the others.]

Tezcuco.

In the city,
Exciting everywhere the swelling passions.
The Tlascalans drove everybody back
Who would escape, into the swooping flames.

Montezuma.

Guatemozin, you have done this act.
One of the richest cities lies in ruins,
The anger of our gods will punish us,
The hatred of the strangers is aroused —
What can I do but to receive them now
Within the capital, and thereby still
Their bloody thirst for vengeance and destruc-
                                        [tion?

Guatemozin [comes forward].

You cannot otherwise, you timid emp'ror !
But I shall not desert my country's cause,
I'll rouse my countrymen, they'll follow me
For the expulsion of these strange intruders.
Come here, my wife, I only wanted you —
You follow me to death and to destruction,
If necessary.—Since I know this well,
I feel the courage to stand up alone
For all that's dear, and for the Aztec throne.

ACT III.

SCENE I.

[Room in the palace. Cacama and Guatemozin; afterwards Tezcuco.]

GUATEMOZIN.

No ! Montezuma fears these pale-fac'd men,
And fear reigns over all his mental powers.
It's so, he does deny it and he speaks
In such a manner, disregarding dangers,
That men will be misled who knew him well.
But mark my word he is exciteable,
His actions show a nervous expectation.

CACAMA.

It falls like fog before my wond'ring eyes.
O such mischievous prophecy ! which could
Unman a former never-trembling hero,
Who never trembled at the battle's roar.
Who should believe that such tradition could
Have been of such mischievous consequences?

GUATEMOZIN.

I'll try once more to lead him to his duty.
I leave him to your care, if I should fail.

CACAMA.

I shall not shake off duties, if my country
Should call me up for her defence.

GUATEMOZIN.
Enough,
That I shall leave the court of Montezuma.
You better stay with him, advising always ;
The welfare of your people does demand it.
You saw the Spaniards, no curiosity
Will prompt your judgment, nor influence you ;
I would be blind with hatred, hurt my country.

CACAMA.

I shall remain with him, the emperor,
Unless his treason should dissolve my faith.

GUATEMOZIN.

The emp'ror may commit high-crimes un-
punished,
For which a low-born man must suffer sadly.

CACAMA.

One crime will arm the hand of ev'ry friend
Against him : Treason to our common country,
High treason to the sacred majesty
Of our beloved land, her independence.
Their love for independence I admire
With those our foes, the sturdy Tlascalans,
They always stood up for their country's free-

GUATEMOZIN.   (dom.
We learn of these republicans how to
Defend an empire.

CACAMA.
Who will here keep order ?

Those Tlascalans, protected by the Spaniards,
Will disregard our rights, proclaim disorder,
They will respect no privilege, no right.

GUATEMOZIN.
But I expect good order of those men.
For woe upon them, if they should esteem
The pale-fac'd men, their allies, stronger ties
Than those of common blood with them and off-
spring.
The fate of our race were doom'd already,
If those our kindred would bear arms against us.

CACAMA.

I don't consider this a struggle for
Extermination of the Aztec race.
A strayed party landed on our shores—

GUATEMOZIN.
This party is the advance guard of others
Who come to conquer all this continent,
If we not intercept this little party.
I'll rally all my friends and arm them well—]
Enough of this ! The emp'ror does expect
A lion here to-day, who swallows all
The country, if we do not cage him soon—
[Exit.]

CACAMA.

Such man is call'd a blusterer, Montezuma ?
He draws the farthest possibility
Into his calculations, makes the passions
Dissolve his questions—and he firmly acts !
Far more than certain men can boast of proudly
Who daily seek the ear of Montezuma
With silly slanders on this only man.
The council of the state intended to
Dismiss him from the service of the state,
But all the people storm'd the emp'rors palace,
To see their darling, praise his manly virtue.
And Montezuma kept him in the service.
[Enters Tezcuco.]
The splendid colors of our forest singers
The artist's hand arrang'd into a garment
For you ; the eagle's plumes wave down your
neck.
Which joyous event brought this treasure from
Your coffers ?

TEZCUCO.
Very strange indeed, Cacama,
To see you not as yet in festive-garments.
The citizens stand densely on the streets,
And even on their house tops you may see them,
To watch the event of this glorious day.
Canoes of ev'ry size and ev'ry form
Shoot silent through the smoothly glitt'ring lake.
But you, a courtier of his majesty

The emp'ror, only may admire my garment?
No, hurry then, and dress to please your emp'ror.

CACAMA.

To dress myself on any day of joy
Would be my duty, but not so to-day —
You enter not in splendid festive-garments
The house of death. The proudest Aztec emp'ror
Lies on his death-bed, he expects to die.
And we, his counsels, witness of his greatness,
Supporters of his throne, should we dress gay
Like for a dance or other such amusement?

TEZCUCO.

The emp'ror is quite well, of better humor
Than he has been for many days and weeks.
Yet you proclaim with solemn voice him dying?

CACAMA.

The emp'ror dies, but Montezuma lives.

TEZCUCO.

A pun without a meaning! Hurry now
Your festive-garments for the great procession.

CACAMA.

This day will always be regarded as
The day that brought the downfall of this empire.
The strangers have obtain'd by force the entry
Into our capital —

TEZCUCO.

They only come
As visitors and friends of Montezuma.

CACAMA.

Such was your language not in Tlascala
In presence of these strangers and intruders.

TEZCUCO.

Cholula is a heap of ruins since,
Although the emp'ror sent his son-in-law
With all the powers thence to check their pro-
　　　　　　　　　　　　　　　　　gress.

CACAMA.

What do you say? Is this no lying falsehood?
Do you intend by saying so to stop
The accusations, raised by his people?
Could it be true, did he play so hazardly
And that man did disguise his plans and purpose?
No, venal courtier, not so mean as that
Is Montezuma that he would conceal
To us, his counsels, such a hardy plan;
He would have courage then to face these stran-
　　　　　　　　　　　　　　　　　gers.
It was the hardy blow of Guatemozin —
For throwing off the emp'rors love he bought
The high esteem of all the Mexicans.

TEZCUCO.

If you should know what I was sent to do,
You would not underrate our Montezuma.

CACAMA.

O show me but an instance of his valor.
I am desirous to esteem the emp'ror
Who stands before me now, bereft of honor!

TEZCUCO.

I order'd Quahpopoca in his name
To capture all the men left by the Spaniards
In Costa rica della Crux, the town
They built upon the spot, where they had landed.
And Cortez thus bereft of all assistance
Would fall into our hands.

CACAMA.

A splendid plan.

TEZCUCO.

If we should cut them off from safe retreat
They soon would fall a sacrifice t' our gods.

CACAMA.

And Montezuma did confide you with
This plan; he did himself?

CACAMA.

Nobody else.
Let us then haste. Misluck demands of us
Condolence. Even if he is mistaken
In his adopted ways, this plan uncovers
A willingness of such resistance, as
I did expect not. Let us hurry then.
　　　　　　　　　　　　　[Exeunt omnes.]

SCENE II.

(Scene the same as Act I, Scene I. Cortez, Alvarado,
Olmedo, Diaz, Marina; afterwards Montezuma, Guatemozin, Cacama, Tezcuco. Spanish and Mexican soldiers.)

CORTEZ.

How great a city! Signs of high-advanced
Refinement and of art the eye perceives,
Wherever it be turn'd in admiration.
Not so much splendor, not such pompous struc-
Did I expect to find. Such heavy masses [tures
Could be remov'd by human force and power,
No beasts of burden known to Mexicans?
What energy and firmness were displayed
In the erection of such gorgeous works!

DIAZ.

No energy, but despotism of
The one could move these heavy rocks and
　　　　　　　　　　　　　　　　　masses.
Poor captives built those temples, high and
　　　　　　　　　　　　　　　　　proud
Like pyramids, there to be sacrificed.

CORTEZ.

The final destiny of all great men:
They lie upon their works a sacrifice
To their ambition and conceit for fame.

ALVARADO.

The emp'ror takes his time.

DIAZ.

So great a man
Cares not for punctuality: for all
Await the moment to perceive his face,
And since he knows, that this face look so like
A human face, he hurries not to show it.

OLMEDO.

I see a long procession in the distance.
The carriers in their splendid festive-garments
Surround a canopy, and mighty fans
Move swiftly through the air on ev'ry side.
The multitude before us opens wide
A space for them, to pass on hitherward.

CORTEZ.

This is the emperor. This moment does
Decide our undertaking now forever.
Invited by the emp'ror to the city
We come no more as strangers, as intruders.

DIAZ.

The eye is dazzled by such splendor, pomp
Of gold, and precious stones, and turns amazed.
Four golden staves form'd into massive pillars.
Support the brocade texture of the cover.
The feathers' splendid colors, and the glitt'ring
Of precious stones outside the canopy
Divert the eye from persons on the seat.
The emp'ror sits thereon in all his splendor:
The sceptre in his hand, the plume of feathers
Instead a crown upon his royal head,
With armor buckled, thus he comes to meet us.

MARINA.

Upon your knees, you dust-born mortal beings.

OLMEDO.

For God alone or for his representative,
The holy father do we bend our knees.

CORTEZ.

This moment does reward us for the sorrows,
For all fatigue we have endured so far.

[Enter Montezuma and followers.]

May it well please the mighty Montezuma
T' accept the greetings of my royal lord.
He sends us from the rising sun so far
To plant here milder customs, and to show
To you the way to future happiness.
It may please you, the mighty sovereign,
To take these documents, and therein find
The wishes of my king, the king of Spain.

[Hands papers to him.]

MONTEZUMA.

I bid you welcome to the capital;
May all our gods protect you while my guests.
Whoever comes with good intentions only,
Whoever wants to share our country's riches,
Is welcome.

THE FOLLOWERS.

Welcome, strangers! Welcome, guests!

CORTEZ.

We thought that you regard us enemies
And now we find in you such hearty welcome.
My sincere thanks therefore for such reception.

MONTEZUMA.

You were to us no strangers, were no foes,

The gods predicted your arrival long
Ago by the oracles, by their priests.

CORTEZ.

How then about the bold surprise of yours,
A short time since, intended at Cholula?

MONTEZUMA.

With deep regret I did behold this act
Of men who scent but en'mies ev'rywhere.
Let us pass this lamentable event —
I have prepared quarters for my guests
Within the palace built by my ancestor.
Once more, be welcome in the capital.

[Exeunt omnes, except Guatemozin, Cacama and Tezcuco.]

GUATEMOZIN.

You play'd your role as exellent as ever,
You timid emp'ror of a mighty people.
You fear the strangers; for your cheeks so pale,
Your voice so fev'rish and of screaming sound,
Betrayed you. — Betray your friends, yourself,
Betray this nation powerful in war,
But be a man, and tremble not at shame.
Hypocrisy is burnt into your face,
What wonder that you falsely swear and lie?

TEZCUCO [touches him].

Where are you? Do you wait for any chance
That calls you up to bear the arms again?
Cholula is destroy'd, you did your duty—
Make friends now with the present state of
things.
The strangers can no more be driven off,
Unless you plot rebellion here at once.

GUATEMOZIN.

And if I do it? I am in the eyes
Of all the world a traitor anyhow,
Since I was pointed out as such to them—
Well, let me be a traitor then to him
Who means it honestly with these intruders.

TEZCUCO.

But are you sure that not the emp'ror
Means to induce you to a bold attempt?

GUATEMOZIN.

He does not think so! But what is the use
Of hollow words with you, who lately sided
The pale-fac'd men in ev'ry way and manner.
Take care, Tezcuco, you are blinded by
The strange; the fly is drawn into the flame,
The strange and her destroying element.

CACAMA.

Let's wait; delusion probably will fall
From him, and we will see the gorgeous eagle
Hold firm his foes within his mighty talons.
It will not serve our cause, to keep us far
From them, the strange and unwelcome intrud-
Let us detect officiencies and faults   [ers.
In them. We surely will succeed far sooner,
If we lay hold of them thus cunningly
With smiling faces.

5

GUATEMOZIN.

No, I say, my friend.
Away with all such tricks and such concealment!
I do esteem them for their steadfast aim
Upon their victim. O, I could belove
These men, if they would not destroy my country.

TEZCUCO.

If you acquaint yourself with them, their man-
You will be healed of your antipathy. [ners,

[Exit Tezcuco.]

GUATEMOZIN.

I am ware that you do feel oppressed
By ha' g promis'd not to leave the emp'ror ;
But y have to perform a stringent duty
For our endang'red country — You commenced
Your part in presence of this sneaking man
Who but a short time left us — Watch him, watch
I do not know the reason why I take   [him !
This man the worst of all our foes.

CACAMA.

We call that instinct with the brutes, we can
Define not with the reasoning human beings.

[Exeunt omnes.]

SCENE III.

[Room in the palace. Cortez and Alvarado; afterwards
Marina and Olmedo.]

ALVARADO.

Our little army cannot stand the pressure
Of all the armies which your plans create.
They cannot baffle all the molestations
In such a city, like this Mexico.

CORTEZ.

It seems to me that you are better posted
Than I myself ; for I do follow only
The promptings of the moment, full confiding
Upon my god and pureness of our object.
I do not follow formidable plans,
We would abandon at the very instant
We see a diff'rent way, to more advantage.

ALVARADO.

The emp'ror has receiv'd us friendly, kindly.

CORTEZ.

He seemed cooler than his followers
At sight of cannons and the battle-horses.

ALVARADO.

He seems, so great a lord, not to admire —
But dignity invested in himself.
He did not know the heavy cannon-roar
And never heard the tramp of horses' hoofs.
It would be natural, if this Montezuma
Had been astonish'd like the other Indians.
He mustered our ranks with calm indiff'rence,
But anger spread the purple on his cheeks,
As he beheld the Tlascalans.

CORTEZ.

I blame

Him not for it. Did you inspect already
The stronger fortification of the palace
Which I did order ?

ALVARADO.

All our men are working
Thereon, the Tlascalans are building barracks
Within the outer walls and all is ready
At sundown. We shall be as well secured
Then as in Cuba.

CORTEZ.

Tell your men to be
All on their guard, and double all the posts.

ALVARADO.

The heavy pieces will at sun-set roar
Their greetings to the sun, as you have ordered,
The trembling town will fall upon its knees
And join our prayers in the Ave Maria,
Resounding from the new-built fortress loudly.

[Exeunt both, while Marina and Olmedo enter.]

OLMEDO.

The church consoles the most oppressed mind.
Whatever troubles you, my daughter, do
Confide the consecrated priest of God ;
He will disperse your troubles, purify
Your soul of all the errors of the past
Which you can not disperse yourself, my
                                    daughter.

MARINA.

I come not to the priest, but to the man
Who has collected vast experience —
Do I commit a wrong toward my people ?
The man Olmedo may decide this question.
I laid so many nights without a slumber
Tormenting restlessly my brains therewith,
Until my head ach'd with severest pains,
I always rais'd, the question not decided.
I am an Indian, like the countless masses,
Inhabitating this tremendous city,
Where ev'rybody looks at me amazed.
I venture to be in your company,
Since you come here demolishing our customs ?
O, justify my acts in lending you
My hand for the destruction of my country.

OLMEDO.

Reject such doubts. The object of our errand
Is not destruction, but to beautify
What you inherited, and every thing
Will be respected you hold dear in life.
The teachings of our Savior overcome
All hindrance. It's no use to force or press
These heathens to the only true religion,
The gospel, when their hearts are contrary.
It only takes a short time to convert
This people to the blessings of the church.
You will appear them as the blessing angel,
Marina, bringing them the light of heaven.

MARINA. [kneels before him]

I ask for benediction, reverend father;
I kiss the hand that sent so many blessings.

OLMEDO.

The lord may bless your doings, for he
watches
The steps of all his children and sends comfort
And consolation to the weak and feeble,
The father of all beings guard you. Amen.

[Marina arises]

The Savior's mother do we deem the next
To God — be always bless'd her godly name.
On woman's faith the mother-church is based;
For when the man in sceptic meditations
Enquires into the reason of the cause,
He does not find what loving does embrace
A woman's heart: the creed. It is the flower
That women cultivate, and nurse, and raise:
The mother's words infuse into the hearts
Of children all the doctrines of the church,
And bend the wild untamely mind of youth,
To govern then with soft and pleasant hands
The passions, wild excesses of the man.

And much is resting in your hands, Marina.
A member of the same race as the emp'ror,
You stand as mediatrix here between
These two gigantic nations and their creeds.
The face of Montezuma brightens up
At your disclosure of the holy treasures
Of creed, for God is with you and your errand.

[Exeunt both]

SCENE IV.

[Private room of the emperor; servant at the door. Montezuma, afterwards Tezcuco, Marina, last Guatemozin.]

MONTEZUMA.

The terrible forms of the expected men
Dissolve, when they arrive in all their smallness.
These Spaniards are of higher class and order,
But not so terrible as I did suppose.
I can not see into their journey's object.
To conquer my dominion? It's a folly;
Tranquility reigns here in ev'ry section,
And nowhere would they find support and aid
So necessary to aggressive forces.
To supersede our creed and bring their own?
Nobody makes such journeys, preparations
For such a purpose and for such an object.
I find no other object for their coming
But search for glitt'ring metal, search for gold.
A greedy glance enlarged all their eyes,
When I distributed to my guests the presents
Of gold. I shall comply with all your wishes,
If gold is all you wish and all you search.

[To the servant]

The prince Tezcuco. [Exit servant]

Of the same opinion
Is prince Tezcuco in regard to them.

TEZCUCO [enters]

Great lord?

MONTEZUMA.

Did you inspect the great enlargements
Which are erected by the new-come guests?
Is there not room enough within the palace?
If so, you'll open them the market-house,
Where fifty thousand men do daily trade.

TEZCUCO.

I have observed all their busy doings,
And as miraculous like all their manners,
Their travel and appearance in our midst,
Appears to me the rapid growth of walls.
Here is projected in the open air
A round-house, there you see within the window
One of those thunder-instruments, they brought
With them; here do they plant with busy hands
Prongs on the walls, and there towards the temple
A new-made gate with bars and grates appears
Resembling much a prison.

MONTEZUMA.

And the reason
For all their doings?

TEZCUCO.

I presume they make
The strange rooms suited to their taste and fancy

MONTEZUMA.

Nobody shall molest nor interfere.

TEZCUCO.

They seem to be a harmless set of men
Without corrupt, malicious, bad intentions.

MONTEZUMA.

Well, different people have their different customs.

TEZCUCO.

Enrag'd like in Cholula they throw down
The enemy.

MONTEZUMA.

I form'd thereon a plan:
I offer Cortez an alliance for
Offensive and defensive operations.

TEZCUCO.

The priests predict that they would be the
masters.

MONTEZUMA.

Just for this reason did I cordially
Receive them and with show of confidence.
We know the ancient prophecy by heart.
Why should we not interpret it our way?

TEZCUCO.

It is a question yet how to interpret
This prophecy. I think that Cortez will
Accept proposals and he will comply
With all your wishes in regard to treaties.

[Enters Marina; she stands humbly near the door]

MONTEZUMA.

Come nearer, gentle daughter of my people.

Is this the Mexican who holds in bonds,
So soft, our guest? In truth, I wish to be,
This Cortez for such soft and pretty bondage.
What do you bring me — me, your emperor?

MARINA.

My lord and emp'ror? Cortez sends me here
To tender you his thanks for kind reception.
   [Exit Tezcuco at a sign of Montezuma.]
The Spaniards found here every abundance,
More still beyond their highest expectation;
They look amazed upon the works of art
Which ornament the walls and all the rooms,
Upon the plentifulness of the tables
And praise your royal hospitality.

MONTEZUMA.

I am delighted that I have acquired
The full contentment of my guests, the strangers.
Let concord always be the rule among us;
May discord never raise her ugly head.

MARINA.

My consort wishes this to be the rule.
He was surpris'd and saw with consternation
That certain parties used all their strength
Against him.

MONTEZUMA.
But not I.

MARINA.
He is aware
That hostile factions are at work against him,
To battle him with all their means and power;
But he cares little, since he is protected
By higher beings, by almighty God.

MONTEZUMA.

It is a notion of most every mortal
To be the darling of a special deity.
Look to the skies with all their brilliant lights,
The stars — Wherever you may stand ou earth
One star appears to you, to follow you
Wherever you may go; it runs with you,
Makes you believe that this is your protector,
Intended only for your little being.
This star may follow millions other beings —
It illustrates the special god, my daughter.

MARINA.

Not so, my emp'ror, for the Christian god
Who did so many wonders in their favor
When only few believed in his faith,
Protects this holy errand of my consort.

MONTEZUMA.

The object of these men is therefore only
Extension of their creed?

MARINA.
This is the one.

MONTEZUMA.
The other object?

MARINA.
Does derive therefrom.
Your human sacrifices are offensive
To all the better feelings of our age,
To common sense, humanity and reason,
And have to cease for all the times to come.
The Mexicans, but small in numbers, battled
Their neighbors, took so many of them captives,
They always had to be afraid of them
In time of insurrection or revolt.
This was the origin of your bloody rite.
The time has come now, mighty emperor,
That you demolish old and cruel rites,
And Cortez offers you his hand and aid.

MONTEZUMA.

Astonish'd do I hear your able wording
And follow ev'ry argument, assertion.
No better advocate to send, indeed,
Here to defend humanity than you.
The emperor himself is powerless
Against this ancient rite, his people's custom.
My empire rests upon the influence
Of priesthood, they support my throne and crown.
If I demolish all their influence,
I would call down destruction on my power.

MARINA.

We counterbalance all their influence;
We chase down ev'ryone for crime of treason
Who dares to raise against your majesty.
The priest has to defend with all his powers
This bloody rite, but we risk ev'rything
For all that's dear to men in self-defense,
And bring the thunder, lightning, as defenders
Of all the doctrines of a better age.

MONTEZUMA.

Because it tramples on a former's graves
This generation, and so ev'ry one
To come as yet, bethinks itself the wiser,
The better.

MARINA.

Not for such a shallow reason.
The former generations left their lessons
To us; development takes bold possession
Of such inheritance, enriches them
And hands them down to far posterity.
Thus centuries will teach us wisdom and
We call our age the wiser and the better.

MONTEZUMA.

We do not change our creed for other notions
The same, as if a man would change his clothes.
My daughter, you will see defects some day,
Where there is only love displayed now,
And you'll observe then hatred, envy, rage,
Where you behold now virtue and denial;
Let any faith be pure and clear as crystal,
The hands of priests will soil, pollute it soon.

MARINA.

But not the faith of Christians —

MONTEZUMA.

Let that be
An open question, then decide we this
Some other day.

My best respects to him,
The man who fearless thinks to serve his god,
When he defies the dangers in his name.
I do consider it the greatest honor
That he selected for his helpmate you,
The prettiest daughter of my whole empire.

[Marina kisses his hand; exit]

MONTEZUMA.

What is the object of these pale-fac'd men?
The question does remain unsolv'd and open.
They came here regardless of all the dangers
Surrounding them on ev'ry foot of ground —
The gods predicted them our future masters —
But for the object of their travel hither
I search and find it not, it stays a riddle.

[Enters Guatemozin]

What bring you, son? — You stand before
me now
With downcast eyes.

GUATEMOZIN.

I come here now, my lord,
To bid you farewell for my time of life —
Our roads do sep'rate, let us part in peace.
I have not spared force and all the means,
I could command, to check our degradation.
Our fate is marching on without resistance —
And you have brought it on, my emperor.
One word of yours and all those vile intruders

And all their objects had been crushed to pieces.
But you kept back this word of blessed rescue,
Receiv'd them here with honors in our city,
And I — I can not be a slave of theirs.

MONTEZUMA.

Well, go! But always bear in mind that you
Are under my — the emp'ror's eye, where you
May go within the Aztec's large empire.

GUATEMOZIN.

So soon an emp'ror rules this large dominion
Who has not stoop'd to be a coward base,
So soon a man ascends the Aztec throne,
Now soiled by the bastard son of heroes,
Will I become the humblest of his servants.
I now do go, to take that crown away,
You have inherit'd from your great ancestors,
And wore unworthily. — Now I go, to give
Protection to the rights of all my race
Against you and those vile intruding strangers.
I'll shield my dear beloved home, my country,
And woe upon the man who does resist.

[Montezuma makes a motion to interrupt.]

It is not necessary to defend
Your acts, or gently palliate your actions—
It matters not how many leave you friendless,
For there is now no help, you will sink down
And not arise again the former hero.

[Exit.]

MONTEZUMA [doubles his fist after him].

And still I am as yet your emperor!
Dare to enrage me, and I'll call on you
The lightnings of the strangers—you, the rebel.
I shall not tremble at your silly threat,
I'll quell rebellion, bend your insolent head.

A C T   I V.

SCENE I.

[Room in the emperor's palace. Cortez and Xicotencatl, Alvarado; afterwards Montezuma, Texcuco, Cacuma
and Marina.]

XICOTENCATL.

Do not depend too much on Montezuma,
And on his signs and seeming shows of friendship.
You know the viper: harmless looking slides
This vermin through the grass, but full of poison,
Its eyes are wandring restless, to inflict
A deadly sting. The likeness of this emp'ror.

CORTEZ.

I take him to be harmless, inoffensive.

XICOTENCATL.

His son-in-law departed, by his orders
Became this man your open enemy.
Do you believe, that he would dare to venture

Resistance to the wishes of his emp'ror?
He would accuse himself of highest treason,
If he would only think of such a crime.
He calls his countrymen and all his neighbors
To arms against their common enemy.
He knows that Montezuma wishes it—

CORTEZ.

His object for such action?

XICOTENCATL.

To create
Resistance in advance of your demands.
He will refer to this resistance always,
If you should proffer him alliance with
Your mighty king.

CORTEZ.

Brave hero, you know not
How to induce me to a second bloodshed;

You will not see a second time a vesper,
I shall not put on armor for your vengeance!
The blood of all the victims of Cholula
Is barely dried away, and yet you thirst
For murder?—Do you know what you demand?
I shall become a vampyre, since you are
In enmity with Montezuma's people.
The time will come, when I demand your action
Be ready then—no sooner, if you please.
And furthermore I do not wish to hear
Of provocations by your men or you.

XICOTENCATL.

Your will is my command, but bear in mind,
That I have warn'd you of approaching danger.
                                        [Exit.]

CORTEZ.

You did not tell me anything that's new,
For blood and blood, and nothing only blood
Demands this savage people. Bloody streams
Run down their altars, bloody penalties
Inflict their laws, and vengeance is their rule.

ALVARADO.

Why don't you do away with such barba-
He tries to stir the anger of our men   [rian.
To foaming rage by daily exclamations
Against the Mexicans, and by describing
Intended fraud by this so harmless people.
He told the men that all the priests were praying
And off'ring sacrifices to their gods
For our destruc'ion, and their bloody vengeance,
When they beheld last night the roaring taps,
Produced by the drum upon the temple.

CORTEZ.

And if it was the case?—It would be just.
We came here hardly seven months ago,
And are to-day the rulers of this empire,
If we succeed in our design or plot.
I feel the difficulty very well,
To hold this people in the vague belief,
That we were gods, immortal, stronger beings.
But is this way the proper, we adopt
For the fulfillment of our sanguine hopes?
We must secure the emp'ror, and the captive
Must rule this land according to our orders.
I wish this act of force was done already!
What trouble to prescribe such action in
The council? But the executing hand
Does tremble at the moment of the deed.

The man who would defend the dignity,
The grandeur of his king by off'ring calmly
The last drop of his blood, does disregard
A crown?—The golden diadems surround
The throne of Providence in shining lustre.
The Lord himself selects the proper ones,
And hands them down to his beloved children,
The mighty sovereigns of this widespread globe.
Against one of those highly-blessed heads
Would I raise up my hand, to take the crown,
Entrusted to him by the will of God?

ALVARADO.

We do not want to take his diadem,
This glitt'ring toy may stay in his possession.
This daring blow secures our undertaking.
It is not done as yet; we may abandon
The plan, and leave the stage of daring action
Amidst the scornful laughter of the world,
As hiss'd-at actors leave their mimic stage.
But all the treasures of this rich empire,
And the dominion of this New-World lie
Before our feet, and will belong to Spain,
If you should dare to strike this hardy blow.

CORTEZ.

It only was an impulse of my pity;
Misfortune calls for pity to its aid.

ALVARADO.

The emp'ror comes. Now firm and steadfast,
                                        gen'ral.
Show all your firmness, all your bravery
To mankind and to all your countrymen.

CORTEZ.

Are all the doors well guarded?

ALVARADO.

                        They are guarded
By picked men, no chance for flight is left.
[Enter Montezuma, Marina, Tezcuco and Cacama.]

MONTEZUMA.

My friend desired me to listen to
Complaints. The many matters of the state
Allow not to attend to ev'rything.
Excuse me, if you would have been in need
Of anything; it was no lack of will
On my part, to comply with all your wishes.
[Pauses; he intimates, that he expects an answer.]
You do not speak; tell me, what you demand.

ALVARADO.

Our men are stubborn, murmur more and
                                        more.

MONTEZUMA.

It shall be my desire, to have removed
All reasons for complaint — What's their com-
                                        plaint?

CORTEZ.

The emperor himself cannot undo
What has gone by.

MONTEZUMA.

But he can take precaution
Against the re-occurrence. But what's up?
You look so strange at me, with downcast eyes.

CORTEZ.

Since you demand to hear it, listen then,
And afterwards explain your heedless action.

The Totonacs came to our camp demanding
Protection, swore allegiance to our king,
When we came to this country, trav'ling hither.
They lived in peace, till tax-collectors came
To gather taxes in your name — in yours,
They did not recognize their legal sovereign.

They sent a message to fort Vera Crux
And Escalante came to their assistance.
Your chieftain Qualpopoca interfered;
His charge was parried bloody, and his dead
Did cover all the country for a distance.

MONTEZUMA.
And therefore all these downcast, gloomy faces?
It is enough that he was punish'd by
The gods, for not demanding any orders
In such emergency.

CORTEZ.
But listen on.
One of our men fell during the melee
Into the hands of your men, badly wounded.
Your chieftain Qualpopoca captured him
And kill'd him —

MONTEZUMA.
Sacrific'd him to the gods.
That's customary with our laws of war.

CORTEZ.
The Spaniard's head was then exposed bleeding
A target for their twits and gross insults.
And you are charg'd with all these cruelties.

MONTEZUMA.
Who? I? The best and only friend you
What satisfaction then for this you ask   [have?
Which innocently I am blamed for?

CORTEZ.
I know it not.

MONTEZUMA.
The chieftain Qualpopoca
Shall be surrendered to you for trial.
If you find guilty him, you'll deal with him
According to your council's wise decision.

CORTEZ.
That will not do to satisfy my men.
They foam with rage about the treatment of
Their comrade, threat'ning madly with destruc-
We only keep them by the greatest care   [tion.
Within the boundaries of discipline.
I do not doubt your innocence the least,
But my opinion is of no avail
Against their wrongly preconceiv'd opinion,
Against their cries for vengeance and for blood.

MONTEZUMA.
Are you their slave, subject to their demand?
Demand obedience with the thunder's voice,
And send your lightning-flashes on the crowd;
The rabble will respect decisive action.

CORTEZ.
They have the cannons in possesion and
They pointed them upon your splendid city.
They'll send destruction, death and lamentation,
If you don't interfere, subdue rebellion.

MONTEZUMA.
How could I tranquilize the furious crowd,
When you, their leader, cannot quell such doings?

CORTEZ.
You only can prevent the outburst of
The threat'ning storm which swiftly will destroy
Your capital, and all its splendid structures.
Take your abode amongst my brave followers,
Within the palace you have ceded us.

MONTEZUMA.
I should surrender me — myself — a prisoner,
And as an expiation for a deed
Committed by some other man? — No, tyrant!
Burn down and rage to all your heart's content.
O dear Guatemozin, oh! excuse
My blindness and my childlike confidence.
O could I call you back to my assistance
To break the chains encircling closely me!

CACAMA.
You are as yet here emperor, my lord.
Destroy their usurpation of the power,
By breaking all the chains which fetter you:
For we protect your sacred crowned head
With all our might, and woe upon the man
Who dares to touch you. Call up all your people
To tramp into the dust this villainous plot.

MONTEZUMA.
Is there no other way but bloody fight
Or base impressment?

CORTEZ.
I do not suppose
That anybody calls impris'ment when
You change your residence. And nothing else
Will satisfy my men; they only will
Be tranquilized by such a friendly step.
If you should be amongst them, in their midst,
And under their protection, they would deem
You wise.

MONTEZUMA.
When heard you that a mighty monarch
Surrender'd himself to a dastard prison?
If I should do it, thus degrade myself,
My people would arise and overthrow
Your power, thus acquired over me,
And you could not resist their armed masses.

CORTEZ.
You must wilfully change your residence.

ALVARADO [to Cortez.]
Why do you lose so many words on him?
If he resists, we must use force.

MARINA. [kneels down before MONTEZUMA.]
Great lord!
As one of your most humble subjects do
I pray to God, almighty ruler of
The world, the mighty lord of christendom,
For the protection of your life, my emp'ror,
Whenever I kneel down for daily prayer.
But as confederate of these men do
I know their customs and their strong ambition.
If you comply with their demands and wishes,

They will regard you always emperor,
Respect and honor you as such a monarch ;
But if you should resist, infuriate
Their rage, then I should tremble for your life.

CACAMA [raises up MARINA]

The emp'ror will comply not with your wishes.
Arise you strumpet of the honorless,
Who thanks thus hospitality and welcome.

CORTEZ [draws his sword.]

Your words 'demand your blood, you silly
                    snob —

MONTEZUMA.

No bloodshed on account of me ! I change
My domicil and go with you, to prove
My innocence to all accusers in
Your camp.

CACAMA.

No longer can I stay with you,
Guatemozin calls me, and I follow.

ALVARADO [steps forward.]

Hold ! Not a single step.

CACAMA   [pushes him aside.]
                    Away, you villain·
[Exit CACAMA.]

CORTEZ.

Make haste then emp'ror, still the rising storm,
Insure the peace to you and to your city.
                    [Exeunt omnes.]

SCENE II.

[Mexican camp. GUATEMOZIN, GUERRERO and chieftains; afterwards CACAMA.]

GUATEMOZIN.

Of all the braves assembled in this camp
You are the only one who can inform.
What is it that produces thunder, lightning
In hands of those intruders ? Answer me
This question and we will not fear nor tremble.
The emp'ror did not recognize them mortals,
But you are proof for their mortality,
Since you have been a member of this people.
You surely know this little secrecy,
Their only claim to superiority.

GUERRERO.

Gunpowder do they call the mystic dust
Which throws the heaviest masses, when com-
                    busted.

GUATEMOZIN.

A powder ? Do you know the compound
                    parts
Thereof, or would you know it, when you see it ?

GUERRERO.

Whoever smell'd the powder once, will know
But wherefrom they do make it or produce it, [it.
I do not know, and never did inquire.

GUATEMOZIN.

An empire stands in doubt. You hurry then

To find this Satan's powder, bring it here.'
You have to fetch it hither, to this camp,
And if you had to climb the snowy peaks
Of Popocatepetl, or to throw
Yourself into his gaping crater first.

GUERRERO.

How shall I find what I know not myself?

GUATEMOZIN.

If you'll not find it, I will number you
Amongst our enemies. Go now, and search
For it, salvation for you lies in finding.
                    [Exit Guerrero.]

The latest news which we received fill
With joy the heart of ev'ry Mexican.
Prince Cacamatzin secretly equips
An army, to assault the enemy
As soon as possible.

CHIEFTAIN.

                Why do we sneak
Around, like wolves at night around the herd ?

GUATEMOZIN.

It is not always bad what secretly
Is kept and shuns the bright light of the day.
But as the day succeeds unto the night,
So we expect to see the day of vengeance.
    Who comes there running in such deadly
                    haste ?
Cacama is it. What brings him to camp?

CACAMA [runs up to him and whispers in his ears].

GUATEMOZIN.

What, fellow ? Montezuma in a dungeon ?
Incarcerated by those vile intruders ?
You want concealment of such awful news !
Short-sighted man, do you not know the fact,
The very brutes would howl it up to heaven,
If men attempt to hide such shameless outrage !
The emp'ror is a prisoner, and we stand
Here undecided, fast'ned to this spot ?
Your object be now liberation of
Your lord who was betrayed by the villains.'
                    [Exeunt omnes.]

SCENE III.

[Room in the palace. Cortez and Marina; afterwards Olmedo.]

CORTEZ.

How did you leave the emp'ror ?

MARINA.

                      No expressions,
But those of grief about his great misfortune
Do leave his breast. What have you form'd to do
About this once so mighty monarch, now
Deserted by the very men whom always
He had confided? And deprived of
All attributes of former dignity,
A prisoner in the hands of former guests,
He never will enjoy the breath of life;
But will be doomed to a lonely grave.

CORTEZ.

He shall remain the emp'ror of the empire.
The same attendants shall remain with him;
His counsels, dancers, and his clowns and jesters
May see him any hour to shorten time.
His diadem will glitter unobscured,
Throughout this reign, the Aztecs vast empire.

MARINA.

You don't intend to keep him here for good?

CORTEZ.

That is my object!

MARINA.

Do not say so, darling.
If he does prove his innocence, you will—

CORTEZ.

You may be under the impression that
I do not understand our true relation.
We had to bring him under our control,
That fear and anguish might repress disturbance,
And keep the people always at our mercy.
This way we may succeed to gain our objects,
And lead the heathens to the faith of Rome.

MARINA.

But did you bear in mind that you enrage
The people to the utmost; that they will
Annihilate you in their wrath and anger,
In spite of all the orders of this emp'ror?

CORTEZ.

The terror will precede my glorious banners;
I shrink not back before enraged crowds.
His noblemen will silently obey,
If the machine of state will keep on running,
And they detect no injury for them;
And what the lower classes may produce
In howling, I care very little for.

MARINA.

There lies misfortune on this road, my lord.
I do not think that all these Mexicans
Indifferently will allow their emp'ror
To be deprived of all dignity.
They will throw open all their arsenals
And offer thousand lives for one of yours.

CORTEZ.

This people are not able to resist
Disarmed, therefore shall I take their toys
As soon as opportunity be offer'd. [Exit.]

MARINA.

A heavy cloud is hanging over this,
The bloomy valley of Anahuac,
No brightsome sunrays can descend to earth
And ev'ry thing looks dark to me and gloomy,
For my sun set, and awful night prevails.
The sovereign of this country is a captive,
Is in the hands of that beloved man
I have consider'd heretofore inspired
With all that's dear to men — the right and truth.

But treason, bloodshed, murder, stare at me,
Where'r I turn my sad entreating eye.

OLMEDO [having entered]

The lord will lead all this to wiser ends.
Depend on him in time of need or anguish;
Do not despair, if you see not at once
The hand of Providence in all your troubles.

MARINA.

O rev'rend father do you justify
This action?

OLMEDO.

Quahpopoca has confessed
That he obey'd the orders of the emp'ror,
To cut off the retreat towards the ocean.

MARINA.

And you believe his words? — You do? —
Did he
Confess wilfully without any pressure?
I doubt it, as he has betray'd thus soon
His emp'ror.

OLMEDO.

This confession was brought forward
By first applying torture on his body.

MARINA.

Your means are horrible to enslave this people.
The flower of discord will always flourish
Within the blood of those you murdered.
The future people Mexico's will be
A gang of thieves, of murderers and robbers,
Since their forefathers planted bloody seeds.
Another people will displace them soon
And take revenge for all outrageous deeds. [Exit]

OLMEDO.

I raise my hand to the almighty God
And curse the man who first thought of such
He planted nor humility nor love   : [outrage.
Into the hearts of this so injur'd people,
He call'd the demons vengeance and the murder
To go to work, and slaughter all your children.
(Exit.)

SCENE IV.

[Another room. Montezuma sits at a window; prince Tezcuco, Jester, singers and dancers; afterwards Marina, Olmedo, Cortez and Alvarado.]

TEZCUCO.

My lord, great lord, my emp'ror. Always yet
This problematic silence!—On, give vent
To all your justly rage, curse all the world;
Bring forth a manly curse, relieve your breast
Of all the burdens which molest your trains.
You have been sitting on this window, since
You entered this cursed, treach'rous house—
Not yet an answer?—Lead us back the emp'ror
To life upon the wings of melodies,
You singers, friends of the eternal gods.

CHOIR [sings]:

There stood an emp'ror Mexico's
Upon the barren strand;

His courtiers stood around him there
Upon the yellow sand.

The mighty emp'ror then exclaimed:
"A courtier spoke to me
"That everything obey'd my word,
"Wherever I would be.

"And so do I command the sea
"To wet not here my feet;
"For I stand here, the emp'ror does,
"To watch my orders speed.

"So listen then, and mark my word:
"If me avoids the sea,
"The courtier will receive reward,
"As ever it may be.

"But if it does not shrink from me,
"If it not passes by,
"I want him thrown into the waves,
"To blot away his lie!"

The sea kept rolling onward now,
The waves were foaming white—
They grew and overthrew themselves
Towards the left and right.

The emp'ror hastens from the strand;
His eyes no more command.
The sea regardless of his word
Came by the rock to stand.

TEZCUCO.

You never will enjoy him by such song—
Come up, you dancers, with your gliding feet!
Expel his gloomy, dark imaginations.

[Dancers perform a ballet.]

JESTER [touches Montezuma].

We played many foolish tricks together
In all the days of splendor and of glory ;
They all were bubbles, soon dispers'd in air.
And ho! this bubble will be bursted soon—
Now laugh! —He does not even try to smile.

MARINA [comes running].

My emp'ror! O my emp'ror, he confessed.

MONTEZUMA [looks at her with disgust].

Who sent you here to sound the all-op-
pressed?

MARINA.

Olmedo told me that he had confessed.
No lie did ever come from such a source.
O do believe me   You have been betrayed,
You gave the order to the chieftain, and—

MONTEZUMA.

Who would forbid me, me, the emperor,
To issue such an order, if I chose?

MARINA.

I know these men: the one hand on the
sword,
The other one upon the cross, they travel
Around the globe, and kill adversaries
Who dare to offer them resistance to
Religious zeal.

MONTEZUMA.

I know at last the meaning
Of christendom, and of their love-doctrine.

MARINA.

I am aware that all these gross misfortunes
Were traps for you and planned for your destruc-
But I do know how to avoid all troubles, [tion.
Which furthermore may raise their awful heads.
If you couvert to christianity,
You will disarm at once all accusations.

MONTEZUMA.

I can not for the price of all the world
Renounce my gods. [Enters Olmedo.]

MARINA.

You truth-inspired priest,
O elevate him to our glorious faith.
His heart is shaken by the sad occurrence
And all his hopes are gone for all the time.
Preserve him from destruction.   O preserve
Him to the benefit of all your people.

OLMEDO.

Great lord, my emperor of Mexico,
You will appear before the throne of Grace,
Some time or other at the day of reckoning
To give account of all your earthly deeds.
If you know your hands clean of innocent blood,
And were your objects pure and without stain,
You would not tremble ; for the god of love
Does watch his children and remembers all.

MONTEZUMA.

Away, away, you blasphemer !
My heart was full of love at your reception. —
You took my hand, your heart was full of treason
And thrust me into night of dark despair.

OLMEDO.

You lay a heavy sin upon your soul,
If you denounce the doings of the Lord.

[Enter Cortez, Alvarado and followers]

CORTEZ. [Walks up to Montezuma]

I do not think that you will yet deny
It any longer. — Fasten on the fetters —
To punish him, the malefactor is
My highest duty.

OLMEDO.

O for God's sake, stop !
There rests a crown upon his sacred head ;
Your king will punish you for such an outrage
Of stamping this his brother king a villain.

CORTEZ.

My will must be the highest law amongs you.
I do command that he be fetter'd while
His aider suffers punishment for treason —

[Montezuma offers his hands and they are chained together]

Within the arsenal we have found supplies
Of arms — they form a gorgeous funeral-pile ;
The death by burning is his punishment,
The punishment for traitors, Quahpopocas.

Those fetters vouch for his security
Who acted as accomplice in the crime.
My cannoneers prevent the people from
A demonstration for the doomed man.

[Exit Cortez.]

MARINA [laying on her knees, kisses Montezuma's hands]
O chains around the hands, the terror
O all the enemies to Aztec power!
O Montezuma, if I had suspected
That such a treachery would follow after
I would not have persuaded you to go.
My emp'ror do you curse me with those traitors?
The bonds of love embrace me tightly with
This bold adventurer. O do believe
That I have not the least to do with this.
How would I be delighted, proud to bear
These chains, if you could thus avoid the shame·

[She sobs convulsively]

TEZCUCO [aside]

This is revenge which I have wished for!
I well imagin'd that the chieftain would
Enforce the order and not keep it secret.
Now, mighty Montezuma, laugh at us,
Upon whose necks you built your shining throne.
You are no more the emp'ror of the Aztecs,
For dragged into dust and honorless
You may be pitied, but are feared not.

JESTER.

Friends and their friendship fled from you,
my emp'ror;
The fool, his foolishness remain with you,
My lord and emp'ror. You are now again
The mighty monarch of this large empire,
Since you know how to bear with dignity
Such awful wrong; small minded men forget
Themselves in useless lamentations, threats,
But you steadfastly bear without a murmur.

MARINA [springs to her feet and seizes the chains.]
Great Lord, protector of the weak and feeble,
Inspire me with your powers, lend your aid.
For I, a woman, try to tear these fetters;
With all my frailty I will overcome them
And even if I should induce his anger —

[she tries to tear the chains.]

These iron fetters do resist my efforts.
Is there no other means to free the emp'ror?

[tears Alvarado's sword from his side.]

The sword will part, what offers me resistance—

[while she raised the sword, Cortez re-enters.]

CORTEZ.

For God's sake, stop! Where are you drifting
In misconducted zeal? Remember that   [now,
Your sword is pointed to your emp'ror's heart.

[he twists the sword from her hand.]

Give way, you raving woman! It's not safe
In woman's hand this instrument of murder,
It is no toy for you, the eas'ly prompted.
Take off his fetters.

[looks at Montezuma for a time.]

          Emp'ror Montezuma,
The future will be diff'rent from the past
With us henceforth. — One malefactor paid
His treach'rous deed already with his life;
The other one we'll keep here as a hostage.

MARINA [kneels before him.]
No, no, my lord! I lay upon my knees
And cry for mercy with the innocent —
He is no convict, is no traitor, villain;
You can, you dare not punish him, my lord.

CORTEZ [emphatically.]
Arise! You shall not kneel, but stand erect,
Except before God's representative,
Before his majesty, the king of Spain.
Whomever I shall choose my friend—he's yours;
Whomever I declare my foe—he's yours,
And do not grumble vainly at my doings.

ACT V.

SCENE I.

[Mexican camp within the city. Guatemozin, Cacama and chieftains.]

CACAMA.

The enemy's presumption fills our ranks.
Not yet enough, to take the emp'ror captive,
They fetter'd him, and made him honorless.
All Mexicans enrag'd at such a stroke
Have hurried here (like whirlwind hurries dust)
The old and young in glitt'ring arms and spirits.
    But all their horrors were not yet exhausted:
Lieutenant Alvarado murdered
Six hundred of our noble conntrymen

Who did enjoy themselves with song and dance.
It was another cruelty and brought
Us thousands of the proudest Mexicans.
There is no house in Mexico, where not
The strange.s and their deeds are loudly cursed,
And where not daily prayers for destruction
Are sent to the eternals, up on high. .

GUATEMOZIN.

The vengeance for so many bloody acts
Was nearer than we had expected, friend.
It was a puzzle, undissolved for us,
Why Cortez left the city with his men.
Our runners brought me tidings of a battle,

Which shortly had occur'd at Zempoalla.
It seems to me that Cortez left his country,
To subjugate this people, contrary
To orders of his mighty sovereign.
His king sent troops to capture him the outlaw,
But he surprised and defeated them :
The pale-fac'd men in bloody battle slew
Their countrymen — But Cortez won the contest
And will be back to-day to meet his doom.

CACAMA.

The coming night will prove at last for good
That all our men are zealous, to stand up
For country, home and all that's dear beloved ;
That this usurper can not further lash
This people, cannot do so without check.
The coming night is set apart for action,
And woe upon the man who shrinks from danger.

GUATEMOZIN.

The coward-emp'ror tied our busy hands,
Or all those men had perished long ago
Whom Cortez left a guard for him, his captive.
We closed all the markets, so they could
Not reach the necessary victuals even —
The emp'ror sent his peremptory order
To open all the markets in the city.
The vile adventurers will not be expelled
So long this timid emp'ror draws a breath,
And all my men obey his silly orders.

CACAMA.

But you forget that we have cut the pipe
Which feeds with water from the distant moun-
tains
That portion of the city, where they quarter.

GUATEMOZIN.

And if the emp'ror should command repairs
Thereof ?

CACAMA.

Perhaps, it slides in somewhere else.

GUATEMOZIN.

I wish these strangers had not come to this,
The Aztecs' undisputed territory.

CACAMA.

The gods will lead us on to wiser ends
And will send us their help in time of need.

GUATEMOZIN.

Depend more on your strength, than on divines ;
A true man will depend upon himself
And not upon assistance, always failing.
The city is entirely in our hands ;
Large rocks are ev'rywhere distributed
Upon the roofs as missiles to be thrown
Into their solid ranks, when they arrive.

CACAMA.

What was your reason to allow contraction
Of all their forces in our capital ?

GUATEMOZIN.

The emperor is always in our way,

When we advance to offer them a battle ;
The hundred thousand under my command
Will crush the Spanish forces under Cortez.

[Enters Runner.]

RUNNER.

The enemy has entered the causeway
And moves toward the city rapidly.

GUATEMOZIN.

Make haste then. Go , prepare immediate
action.
Ascend the temple's wide-commanding top,
Command the priests to offer sacrifices,
While we engage the foe in bloody strife ;
Command to beat the war drum with all might,
To terrify the en'my and encourage
Our forces. — Great eternal gods, protect
Us in the struggle for our independence ,
For if we are subdued by the strangers,
All red men will be slaves, will be exiled.

[Exeunt omnes.]

SCENE II.

[Room of Montezuma. Montezuma at a window, Tezcuco;
afterwards Cortez and Alvarado.)

MONTEZUMA.

You say that Cortez has at last returned ?
But I as yet have seen none of all his men
Who follow'd him.

TEZCUCO.

They halted on the street,
To have this palace as a shield against
Your son-in-law. We are between the two,
And both will keep the peace so long, as not
One part does change position.

MONTEZUMA.

I dislike,
These troubles, caused by my son - in - law.

TEZCUCO.

Why don't you order to disband at once
His troops ?

MONTEZUMA.

The execution of such order
Would be a sign of weakness on our part.
I'm satisfied that all these many men
Would readily obey my given orders ;
I therefore do expect that they prevent
All riots, brawls and quarrels in their camp :
Where multitudes of men in camp assemble,
There is the gate wide open for all passions.

TEZCUCO.

You wish, my emp'ror ?

MONTEZUMA.

That you will perceive
That we allow this matter its own course.

[Exit Montezuma]

TEZCUCO.

You hope yet by your base-abused son
Return to greatness, to your former splendor ?

This hope deceives you, prisoner of the stran-
Though granted that Guatemozin would [gers!
Obtain a victory, you never would
Be emperor again of Mexico.
You are a captive, and you are aware
That captives fall a sacrifice to gods.
[Exit Tezcuco, while Cortez and Alvarado enter from the
opposite direction]

ALVARADO.

I had received news from Xicotencatl
That at a feast, in honor of their god
Of air, they'd try to rescue Montezuma.
The deputation which invited me
To take a part in their festivities
Receiv'd the order to assemble for
The celebration of the day unarmed.
My men should guard them, as they did demand,
Against disturbance of the peace, or riots.

CORTEZ [passionate].

I heard of cruelty at this occasion —
Proceed at once to the committed outrage,
For circumstances can affect them not.

ALVARADO.

I posted sentinels around their temple.
Most of the men took part in all their dancings,
And when the frolic was at highest pitch
A voice was heard demanding the expulsion
Of all the strangers, and to liberate
The emp'ror from his dungeon and his shame.
My men, too zealous in their bold endeavors
To find the one who utter'd such presumption,
Attacked all, and came from words to blows.
Within an hour all the temple's floor
Was stain'd with blood; six hundred men were
Belonging to the noblest families.   [slain,

CORTEZ.

You tolerated such outrageous murder?
Unarmed men were murdered by you?
Do you believe I'd justify this act.

ALVARADO.

They stored all their arms in hiding-places,
And since they set a trap, they were entangled
Therein themselves. — I took the opportunity
Thus offer'd to destroy the main support
Of Aztec power, thinking of Cholula —

CORTEZ.

What? I, an equal to a murderer?
Then self-defence had prompted me alon
To lay in ashes beautiful Cholula;
For we were dealing with a cunning foe.
But you have murdered unarmed dancers
And killed off the bloom of Mexico.
You may defend your action, as you like,
You may console yourself with shallow phrases,
Your conscience will denounce it as a murder!

ALVARADO.

Beware your tongue!

CORTEZ.

Short-sighted, stupid man!
You overlook'd the horrid, awful fact
That yon have summon'd fotall time to come
Tell murder, when the pale-fac'd man is
To slaughter off the wretched Indian. [stronger,
By the Eternal! It was not my object
To bring extermination to these pagans,
But faith and education and forbearance.
They will be prompted by eternal hate
Against the pale-fac'd race, and counteract
All steps to sow the seeds of civil'zation.

ALVARADO.

Let future times act on their own accord.
The news spread out and swell'd the rebel army
Guatemozin's to a fearful state:
Extermination of the strange intruders
Was the demand of all the warlike men
Who came from all directions for revenge,
Descending from the mountains to the valley
His army still increased like wild-fire,
And he surrounded us in closed circles.
He ordered to storm this palace and
We all would have been lost, if he'd succeeded—
But this embarrassment was overcome
By Montezuma's cool behavior.
Ascending one of those redoubts he made
A lenghty speech to them, the Mexicans,
And order'd in conclusion to withdraw,
Since his own saf'ty would demand this step.

CORTEZ.

And they desisted from their undertaking!
We gain the play, if they will but obey him;
For he must act, as we command the captive.

ALVARADO.

Cacama tried to resist the order
And called loud the emperor a coward.
Guatemozin ordered obedience
To orders of the emp'ror Montezuma.
The army did retire and has surrounded
Us from all sides.

CORTEZ.

I have perceived this:
No drop of water leaves the gorgeous fountain
Which stands within the yard. My men and
Want water.   [horses

ALVARADO.

They have cut the aqueduct
Supplying us with water from the mountains.

CORTEZ.

All this for misapplied zeal and ardor.

ALVARADO.

The chapel which you dedicated once
Upon the top-square of the pagan temple
In honor of the Virgin was destroyed.

CORTEZ.

When I requested Montezuma once

For use of one of those two turrets on
The top of temple-square, to dedicate
The same to the Almighty and the Virgin,
He first refused : „Take my life," he said,
„But do not ask to scoff eternal gods,
Demanding sacrifices there forever.
Besides, if I should offer you my hand
For such gross outrage, all my people would
Denounce this base and awful blasphemy.
A people will bear ev'rything, except
Encroachment on the rites of their religion."
At last he bent him to the firm demand.
And in the right-hand turret burned hearts
Of men in glory of their god of war,
While in the left-hand turret holy psalms
Were song and clouds of incense rose in glory
To the Almighty and the holy Virgin.

The turret of the bloody god stands yet,
But ours fell ; destroy'd by pagan hands.
No longer shall it stay so dismal here ;
The power of unholiness must break,
The temple of the true god be erected
In all its splendor, even at the cost
Of blood and sacrifice of human lives.

ALVARADO [looking out of the window]
They've changed their old position and ad-
A steeple is already occupied   [vance —
By them, which places them above our level.
And there appears a dens'ly closed column
Of warriors in front of our redoubts,
Commanded by their chief Guatemozin.
[Tumult outside.]

CORTEZ.
Let us be off, to meet them on the walls.
In selfdefence we grow up to be heroes
And force the enemy to subjugation
To greater glory of Almighty God.
[Exeunt omnes.]

SCENE III.

(Another apartment. Enter Marina and Jester; after-
wards Montezuma ; last Cortez and Alvarado.)
MARINA.
So deep has Montezuma fallen down
That no one gives me record of his doings
But this his clown — the only one of all
His former friends who stood with him in need.
And, oh such news! They treat him like a child
This hitherto so powerful a prince :'
When they are held in self-aroused dangers,
They come to him and ask for interference
He always hears an open, willing hand ;
At other times they misinterpret him,
His tenderheartedness, and laugh at him
Who only asks for pity, for indulgence.
They pull at, tear and rip the royal purple
Which falls in tatters from his manly shoulders.
And I the daughter of this, of his people,

I am a Christian and belong to the
Originator of these cruel deeds!
O Holy Virgin ! — No, you bloody gods
Of my forefathers, O, protect this man —

JESTER.
And let him die ! For death is now a bles-
The only one for this the Aztecs' emp'ror. [sing,
[Enters Montezuma.]
MARINA.
My emperor. Your daughter has returned,
And brings the greetings of the mighty people
Whose glorious emp'ror Montezuma is.

MONTEZUMA.
Welcome, my daughter. Always is welcome
To me your joyous, friendly-looking face.
Relate me all the doings of my people.

MARINA.
I was received everywhere with joy,
Wherever we did come upon our travel.
The first of all their questions was the emp'ror,
But everywhere did vanish joyful query,
As soon as Spanish faces were beheld.

MONTEZUMA.
They should well banish all their unjust hat-
They totally misunderstand my place,   [red ;
Believing me a captive—I am free,
Selected willfully this palace as
My domicile ; I am contented here.
One word of mine, and Cortez would obey.
The gods have sent this man to Mexico,
And have possessed him with all their wisdom.
[Tumult from outside,]

MARINA.
What may this tumult signify, this noise?
MONTEZUMA.
I thought that we should have a tranquil day ;
Guatemozin kept his men from riots
Three days. But the volcano seems to boil,
Earthquakes will follow, fire-balls will fly
And burning lava flow on every side,
Unless an arm of power checks the tide.
[Enter Cortez and Alvarado, all - buckled]

CORTEZ.
We soon will quell this tumultuary riot.
These tigers fear no longer former lashes ;
Down to the dungeon with these furious beasts

MARINA.
One gentle word would still this riot-outburst.

CORTEZ.
Your sex with gentle hand does try to level
The roughest roads, and ever tries to solve
With ready tongue the awful raging quarrels,
Which men can only solve in gloomy battle.
This fight which nails its summons on the doors
Of this gigantic palace with its bloody hands,
Decides the future fate of this New-World.

Let's out to battle in the Virgin's name
And under the protection of the Lord!
[Exit with Alvarado]

MONTEZUMA.

Blindfolded and deceived generation!
You do not see and will not see that you
Receiv'd him as a gift from the eternals.
Why do you fight for the supremacy,
Why do you spill your blood in vain here longer?
Let me go out. Let me warn the enraged
To save their lives.

JESTER.

And you believe alone
To seperate the furious fighting masses
With no assistance but your feeble voice?

MONTEZUMA.

I am as yet their emp'ror!

JESTER.

Can you calm
The ocean in its mighty rolling fury
With all your former power as the emp'ror?
And you are more so powerless to calm
The struggle raging outside of these walls
With no assistance but your feeble voice.

GUATEMOZIN.

Remember what portents the people had
Before these pale-fac'd men arrived here.
The lake Tezcuco overflow'd its banks,
And all the valley of Anahuac
Appear'd a vast and endless watry grave;
The Popocatepetl, the White-woman
Illuminated with their fiery sheaves
At night time this tremendous waterplain;
Earthquakes made shake the houses under us;
And swelling in a sudden turmoil then
The lake hurl'd its dead fish upon the shores;
Upon the earth full many monster-births,
And comets threatning fiery in the skies,
All these were spoken of as signifying
Destruction.

JESTER.

But that time has passed away.

MARINA.

O study not the ancient tales and stories.
Man's mind should be directed to the future,
Since forward looks the eye, nor looks behind.

MONTEZUMA.

Experience alone can teach us wisdom.
Memory clings to by-gone happy days,
In dark and sullen hours, full of love,
And strengthens us for future needs and perils.
My soul is often thus consoled, friends,
And wanders with the heroes of the past.
[Cortez re-enters hurriedly.]

CORTEZ.

This victory was dearly bought by us.
Another fight like this and all the houses,
The temples, bridges will be all destroyed.

No mercy will prevail: the wide canals
On both sides of your streets will scarcely hold
The bodies of the warriors, slain by us.
[Cries and tumult from outside.]

MONTEZUMA.

Is there no help; is there no compromise
To keep away destruction from my people?
Take all I have, take this my heart, you tyrant,
But take a pity on my people, children.

Bring me the sceptre and my royal garments.
Hark! how my people call for me, their emp'ror.
Once more I'll try the power of my rank
For you ungrateful tyrants, christians.
My people have defeated and repuls'd you,
And I will ask for you, your free departure
With all your men and implements of war.

CORTEZ.

Who told you that I was defeated, emp'ror?

MONTEZUMA.

Your manly proudness will prevent you to
Deny the fact. The sad'ning hour has come,
When you and all your men must be retiring,
If you would not fall here a sacrifice.
I shall endeavor to persuade my people
In your behalf.
[Jester brings the sceptre and the diadem.]

MARINA [at the window].

The city is in arms.
The sunbeams break upon a thousand shields,
And all the roofs are taken by the soldiers.
Remain here, Montezuma, do not go!
Alarm and anguish fill my heart, foretelling
Of great distress. Confront this danger not.

MONTEZUMA.

I fear my people not, I shrink not back
From dangers at the hand of my beloved.
Rely upon it, I'll persuade my subjects
To grant you free departure from this country.
(Exit Montezuma through a balcony-window.)

SCENE IV.

(Mexican camp outside the palace. Guatemozin, Cacama,
Chieftains and Warriors; afterwards, Montezuma on the
balcony.)

GUATEMOZIN.

We could not crown our victory with success.
Although we could not enter straight with them,
The fugitives, their stronghold, and reduce
The same, we show'd to our enduring army,
That they do battle men, and not immortals.
A sham-attack must lead us to success.
The prince Cacama with his valiant forces
Be watchful at the outer gate at midnight.
We will surprise them in their weaker rear,
And warcanoes will harass both their flanks.
Wherever they resist, we must retire
To coax them out of their tremendous strong-
hold.
Cacama storms then, takes their threatful castle.

CACAMA.
But if they should repulse my fierce attack?

GUATEMOZIN.
In such a case we storm at ev'ry point.
(Cries and tumult.)
Thus sits a pack of hounds upon the track,
When they do smell the presence of their foe
With loud and roaring barking do they follow
The victory has intoxicated all
My men, and woe upon the strange intruders,
When we succeed.
(Cries: the emp'ror! the emp'ror!)
The emp'ror? What, the emp'ror?
There stands the man they mock to be their emp-
'ror,
Upon the stronghold of the strange misdoers,
What does the coward want? Keep silence, men!
A man just raised from the grave does spea
To you.

MONTEZUMA.
(Stands on the balcony, not wholly visible.)
Whom do I see in glittring armor,
With arms in hand, with brag of victory,
With shallow threats appear here at the palace?
My people is it not!

CACAMA.
You lie, you dastard!
Your people are assembled for revenge,

MONTEZUMA.
Blindfolded by th'ambitiou of a few,
Induc'd by passion to revolt and riot
You stand before me; but no Mexican
Demands fulfillment of his selfish wishes
With threats against the emperor, his lord.
Disperse in peace, for your complaints are
groundless.
Dismiss this warlike, unjust attitude,
No enemy demands your warlike outfit.

VOICES.
The roving strangers must depart from here.

CACAMA.
And with them Montezuma too, the coward!

MONTEZUMA.
I will induce these strangers who have been
Thus long the ready pretext for assaults,
To leave the country and return no more,
If you disperse in peace and without threats.

CACAMA.
You heard it, Mexicans, what he advises.
You shall surrender to the bloody strangers
Without defense, by throwing down your arms.
(Guatemozin bends his bow.)

MONTEZUMA.
Misled by those who were my former coun-
You are induc'd to prejudice, conceit. [sels,
Trust not those men, they only hatch the evil.
And you, misled by words of weather-cocks,

Are only instruments for bloody deeds
Without an object and scarce with an aim.

CACAMA. (takes an arrow and puts it on his bow)
The moment br ngs to light the glorious deed
Reflection justifies it. Now or never!

GUATEMOZIN (aside)
I owe this act to all my country-men.
Although he is my emp'ror, father in-law —
The pressure of my finger terminates it.
(He puts an arrow to the sinew.)

MONTEZUMA.
O, I implore you by eternal gods,
By all that's dear beloved to your heart,
O kindle not a merciless destruction.
O hear the voice of reason, follow me.
My friends, the strangers will depart from here,
If you'll allow them travel unmolested;
There will again be peace, good will to men.
(Cacama and Guatemozin shoot at him simultaneously, while
a chieftain throws a rock at Montezuma.)

MARIN (behind the scene)
The emp'ror falters: he is wounded, struck.
Almighty God in heaven have a pity
With this, the dying, much abused man.

GUATEMOZIN.
May ev'ry traitor meet an equal lot
For the humiliation of their people,
And even when they sit upon the throne
Considering themselves above their race.

CACAMA.
Hail to the emp'ror Guatemozin, hail!

VOICES.
Hail to the emp'ror!

CACAMA.
Your's is now the crown,
The avenger of all our wounded honor,
Guatemozin, you will proudly bear
The diadem! Lead on your people now
To battle, to expulsion of the foe;
Break down the chains, brought by the stran-
gers and
Protect the holy creed of your ancestors.
Your people call you, now protect your home,
Protect our children and protect our gods.

GUATEMOZIN.
To stretch the booty-seeking hand towards
The honors of a living man, I deem
Not right. — Is Montezuma really dead,
And has his fun'ral taken place to custom,
And if the Council will appoint me emp'ror,
Then will I be your leader, your avenger.

CACAMA.
Hail to the emperor Guatemozin.
Death to th'adventurers and all their friends.

GUATEMOZIN.
Now to your posts and to the desp'rate
For the salvation of our Mexico. [struggle
Tear down the solid bridges in the causeway.

And should the enemy endeavor to
Escape, then let us try to drive them bleeding
Into the lake — Thus will be free at once
From all oppression our beloved country.

(Exeunt omnes.)

SCENE V.

(Room of the emperor in the palace. Montezuma lies on a lounge, bandage tied around his head; Marina kneels before him; Cortez walks the room.)

CORTEZ.

By the Almighty God! If I could move
The dial for a circuit of the sun,
Avoiding thereby all this misery,
I would renounce all my bold plans and objects
I would accept the hissing of the world
With silence. But what of my vainly wishing?
It has been done, and shallow words are only
Our wishes to have all these deeds undone.

MARINA.

You settle this with your Almighty God;
This sacrifice was slain here to his glory.
Your conscience will name to you the man
Who is the murderer of him, the emp'ror,
When you for this misdeed receive reward.

CORTEZ.

I ask you in the face of all your wounds,
You emp'ror Montezuma, do you deem
Me guilty of your misery?

MONTEZUMA [with feeble voice.]
No, no!
I am the only guilty party, Cortez.

I thought to further all my interest
By kind and friendly welcome to your men.
What you may often call a gross mistake,
Becomes a crime within the hands of princes:
For their mistake will hurt so many others.
My people punish'd me for my mistake —
Too hard and bitter was my punishment —
To throw rocks at me and to soil my honor
So infamous, this I did not deserve!

(covers his face with his hands.)

MARINA.

Despair not, emp'ror. You are yet alive
And everything will yet look brighter, better.

MONTEZUMA.

The emp'ror is dishonor'd! Why not die,
Why should I live a life of daily shame?
(tears off the bandage.)
Escape dark sorrows, anguish, pains and suf-
rings!
And you, you spirits of my great ancestors
Receive my soul within those purer lights,
Where only dwell pure joy and harmony.
O take here pity with my orphan people,
Great conqueror — — (he dies.

MARINA (throws herself over him).
My emp'ror Montezuma
Take me, the daughter with you on your journey.
The world seems desolated without you,
No joy will henceforth bless my heart anew.

(The curtain drops, while Cortez undertakes to raise her up.)